Diese Persönliche
Chronik ist für:

Das Buch vom

31. Januar

Ein ganz besonderer Tag

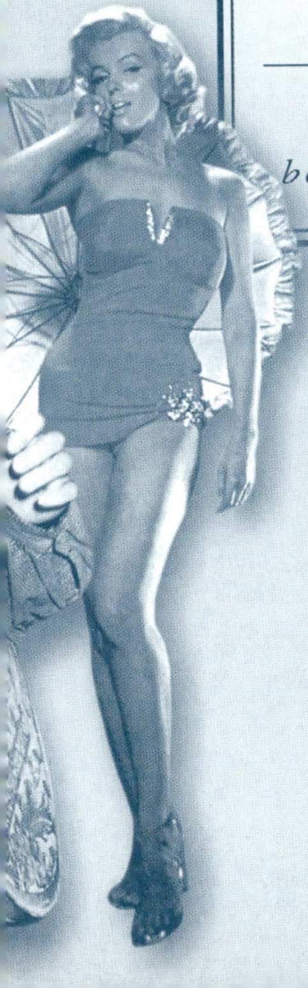

... ein ganz besonderer Tag

Im »Fernsten Osten«, im Inselstaat Nauru in Ozeanien, arbeitet am 31. Januar keiner der 8500 Einwohner. Was in Deutschland einem größeren Straßenfest entspräche, ist hier der Nationalfeiertag eines Zwergstaates. In den katholischen Kirchen der Welt gedenkt man heute besonders vieler Namenspatrone, die sich auf dem 31. Januar versammeln. Darunter sind die heilige Märtyrerin Marzella, der heilige Ordensgründer Johannes Bosco und der heilige Franz Xaver Bianchi.
Auch ein Blick in die Weltgeschichte belegt die Besonderheit dieses Tages:

1747 nahm im Londoner Lock-Hospital die erste Klinik für Dermatologie ihren Betrieb auf.
1854 erzwang der Vertrag von Kanagawa die Öffnung Japans für den Handel mit Amerika.
1861 wurde ein Teil der »Nibelungen«-Trilogie von Friedrich Hebbel in Weimar uraufgeführt.

Eine ganze Reihe bekannter Persönlichkeiten kam an einem 31. Januar zur Welt. Der Komponist Franz Schubert wurde 1797 geboren. Der US-Schriftsteller Norman Mailer erblickte 1923 das Licht der Welt. Und der Schauspieler Hansjörg Felmy betrat 1931 die Bühne des Lebens.

Im Zeichen des Wassermanns

21. Januar bis 18. Februar

Das Wassermann-Zeichen befindet sich am 31. Januar in seiner zweiten Dekade. Menschen, die unter diesem Zeichen geboren sind, sagt man eine Beschwingtheit nach, die daher rühren könnte, daß das Tierkreiszeichen dem Element Luft zugeordnet wird.

Weitere Eigenschaften des Wassermanns sind seine Kontaktfreudigkeit und Unternehmungslust. Da ist er im geselligen Kreis natürlich gern gesehen. Freundschaften zu Gleichgesinnten sind schnell geschlossen, wenn die Unabhängigkeit gewahrt bleibt. Dem Tatendrang des Wassermanns sind dabei kaum Grenzen gesetzt. Andererseits sind seine großen Pläne manchmal etwas zu idealistisch.

Die wassermännische Kreativität brachte schon manchen Künstler zum Erfolg. Neben Musikern wie Plàcido Domingo und Schriftstellern wie Virginia Woolf sind auch viele Schauspieler unter den prominenten Wassermännern zu finden: Für seine brillante Darstellung in »Die Farbe des Geldes« erhielt Paul Newman einen Oscar; Gene Hackman brachte es mit »Erbarmungslos« sogar zum zweiten. Doch auch viele Politiker sind Wassermänner. Unter Franklin D. Roosevelt wurden die USA zum Sozialstaat und Corazon Aquino hat die Philippinen in die Demokratie geführt.

Highlights des Jahrzehnts

1900

- Weltausstellung in Paris
- Niederschlagung des Boxeraufstandes in China
- Uraufführung der Oper »Tosca« von Giacomo Puccini in Rom
- Probefahrt des ersten Zeppelins »LZ 1«

1901

- Die britische Königin Victoria stirbt
- Erste Nobelpreise verliehen
- Thomas Mann veröffentlicht die »Buddenbrooks«
- Mordattentat auf US-Präsident McKinley, Theodore Roosevelt wird Nachfolger

1902

- Beendigung des Burenkrieges in Südafrika
- Krönung Eduards VII. zum König von Großbritannien
- Inbetriebnahme der Transsibirischen Eisenbahn
- Kunstströmung »Jugendstil« auf dem Höhepunkt

1903

- Serbischer König Alexander I. ermordet
- Erste Tour de France
- Erster Motorflug der Brüder Wright
- Kampf der Suffragetten um das Frauenwahlrecht
- Margarethe Steiff präsentiert den »Teddy-Bären«

1904

- Hereroaufstand in Deutsch-Südwestafrika
- Beginn des Russisch-Japanischen Krieges
- Arthur Korn gelingt die erste Bildtelegraphie

1905

- Petersburger »Blutsonntag«
- Tangerbesuch Wilhelms II. führt zur Ersten Marokkokrise
- Albert Einstein entwickelt »Spezielle Relativitätstheorie«
- Künstlergemeinschaft »Die Brücke« wird gegründet

1906

- Revolutionäre Unruhen und erstes Parlament in Rußland
- Roald Amundsen duchfährt die Nordwestpassage
- Dreyfus-Affäre beigelegt
- Erdbeben verwüstet San Francisco

1907

- Pablo Picasso malt »Les Demoiselles d'Avignon« und begründet den Kubismus
- Erste Farbfotografien von Louis Jean Lumière

1908

- Ford baut Modell T (»Tin Lizzy«)
- Österreich-Ungarn annektiert Bosnien und Herzegowina
- Durchbruch der olympischen Idee bei Spielen in London
- 30 000 Jahre alte Statuette (Venus von Willendorf) gefunden

1909

- Robert E. Peary erreicht als erster Mensch den Nordpol
- Louis Blériot überfliegt den Ärmelkanal
- Unruhen in Persien: Schah Mohammed Ali dankt ab

◀ **Als »sterbender Schwan« wird Anna Pawlowa weltberühmt (1908)**

Mittwoch 31. Januar

Gesellschaft

Internationales Aufsehen erregt ein italienisch-türkischer Streitfall. Die junge Italienerin Silvia Genelli ist in einen Harem des Osmanischen Reiches gebracht worden, und Italien fordert ihre Freilassung. Doch das Justizministerium der Osmanen stellt sich auf den Standpunkt, daß das Mädchen nach türkischem Recht volljährig ist und selbst entscheiden kann, ob es zum Islam übertreten will. Ganz anders beurteilen die Italiener den Sachverhalt. Nach dortiger Gesetzeslage ist Silvia Genelli noch keineswegs volljährig, und als Minderjährige untersteht sie der väterlichen Obhut. Übrigens wird im September in Paris eine Statistik über die Rechtsprechung verschiedener Länder vorgelegt. Danach soll bei den Türken die tätliche Beleidigung an erster Stelle der Delikte rangieren, bei den Italienern die Körperverletzung.

Preise in den Jahren 1900–1909

1 kg Butter	2,46
1 kg Mehl	0,35
1 kg Fleisch	1,55
1 Ei	1,05
1 l Vollmilch	1,00
10 kg Kartoffeln	0,65

in Mark, Stand 1905

Wetter

Relativ angenehm präsentiert sich der Januar 1900. Die Durchschnittstemperatur von –0,6 °C weicht kaum vom langjährigen Mittel ab.

Donnerstag 31. Januar

Kultur

Am Moskauer Künstlertheater findet heute die Uraufführung von Anton Tschechows vieraktigem Drama »Drei Schwestern« statt. Konstantin S. Stanislawski hat die Regie des Stücks übernommen, das von den Hoffnungen dreier Schwestern handelt, aus dem russischen Provinzleben wieder nach Moskau, ihrer Heimatstadt, zurückkehren zu können. Tschechow, der Mitbegründer der modernen russischen Literatur, stirbt 1904.

Sport

Der Hamburger »Circus Busch« ist heute Austragungsort der Weltmeisterschaften der Berufsringer im Leichtgewicht (bis 85 kg). Den Titel holt sich der Russe Georg Lurich. Ringen zählt zu den ältesten Sportdisziplinen und war in China schon um 3000 v. Chr. verbreitet.

Wetter

Auf einen frostigen Durchschnitt von –3,2 °C sinken die Temperaturen im Januar. Es ist damit 1901 wesentlich kälter als gewöhnlich (langjähriger Mittelwert –0,4 °C).

Für tumultartige Szenen sorgen die Alldeutschen, die dem »Deutschtum« rücksichtslos Weltgeltung verschaffen wollen. Bei der Eröffnung des Reichsrats in Wien halten sie sich nach Auseinandersetzungen mit tschechischen Abgeordneten nicht an die Etikette. Sie verlassen den Saal ohne der Krone die Ehrung zu erweisen.

Freitag 31. Januar

Politik

»Linie ohne Bauch«: Das Korsett, ein modisches Muß für die elegante Frau

In Sachen Südafrika sind sich die britische und die niederländische Regierung weiter uneins. Wie heute aus London gemeldet wird, lehnt Großbritannien Friedensvorschläge aus den Niederlanden ab. In Südafrika tobt seit 1899 der Burenkrieg; die Buren sind Nachkommen niederländischer Einwanderer. Sie wehren sich verbissen gegen den Versuch der Briten, ihre Republiken Transvaal und Oranjefreistaat zu annektieren. Doch die Überlegenheit Großbritanniens, das vor allem auch an den Gold- und Diamantenvorkommen der Gebiete interessiert ist und den Krieg mit außergewöhnlich großer Brutalität angeht, führt im Mai 1902 zu einem Friedensvertrag, in dem sich die Buren dem britischen König Eduard VII. als Souverän unterwerfen. Oranjefreistaat und Transvaal werden Kolonien.

Wetter

Eisiges Winterwetter eröffnet das neue Jahr. Im Januar 1902 fällt das Quecksilber auf –4,1 °C, während normalerweise Temperaturen knapp unter dem Gefrierpunkt (Mittelwert –0,4 °C) herrschen.

Samstag 31. Januar

Gesellschaft

Die Kinderarbeit in gewerblichen Betrieben wird vom Deutschen Reichstag per Gesetz beschränkt. 1901 ist bereits die Arbeit von Kindern unter 13 Jahren verboten worden, das Verbot wird jedoch immer wieder unterlaufen. Vor allem bei der Heimarbeit und in landwirtschaftlichen Betrieben werden Kinder oft zu Arbeiten herangezogen. Häufig können die armen Familien ohne die Kinderarbeit nicht überleben.

Gesellschaft

Gegenseitigen Patentschutz sowie Muster- und Markenschutz vereinbaren Deutschland, Österreich und die Schweiz. Die drei Staaten sind nicht der Meinung, daß bereits »alles erfunden ist, was es geben könnte«. Mit dieser Aussage hat 1899 der Leiter des US-amerikanischen Patentamtes – erfolglos – die Auflösung seiner Dienststelle beantragt.

Gute Figur in Sakkoanzug und Wettermantel: Die Mode für den Herrn

Wetter

Mildere Temperaturen als in den Vorjahren lassen mit Werten um 1,1 °C Hoffnung auf ein baldiges Ende des Winters aufkommen.

Sonntag 31. Januar

Sport

Erst 1900 gegründet und schon 10 000 Mitglieder. Stolz wird diese Bilanz vom Deutschen Fußball-Bund (DFB) auf einer außerordentlichen Versammlung bekanntgegeben. Größter Sportverband in Deutschland ist allerdings noch der 1868 gegründete Deutsche Turnerbund. Fast 800 000 Mitglieder zählt er im Jahre 1904.

Stars der Jahre 1900–1909

Isadora Duncan
Tänzerin
Gustav Mahler
Komponist/Dirigent
Anna Pawlowa
Tänzerin
Sarah Bernhardt
Schauspielerin
Orville/Wilbur Wright
Flieger

Technik

Gepreßt sind die Rillen schon. Doch erst morgen ist die erste Schallplatte der amerikanischen Firma Victor Talking Company auf dem Markt erhältlich. Für diesen Meilenstein in der Geschichte der Musikmedien hat das Unternehmen Arien des italienischen Tenors Enrico Caruso ausgewählt, der seit 1903 an der Metropolitan Opera in New York seine Stimmqualitäten beweist.

Wetter

Einen Durchschnittsjanuar hat das Jahr 1904 – zumindest was die Temperaturen angeht, die um –0,3 °C liegen. Allerdings sind die Wolken weniger ergiebig (28,7 mm) als gewöhnlich (43 mm).

Dienstag 31. Januar

Gesellschaft

Die Verluste, die deutsche Siedler im Hottentottenkrieg in Deutsch-Südwestafrika erlitten haben, beschäftigt heute den Deutschen Reichstag. Er genehmigt 3 Mio. Mark als Entschädigung. 1903 haben sich die Hottentotten gegen das Vordringen weißer Farmer gewehrt, woraus der Krieg entstand.

Politik

Noch in diesem Jahr soll die deutsche Verfassung und das Wahlrecht einer Reform unterzogen werden. Das wird heute in Stuttgart angekündigt. Obwohl Verfassungsgegensätze die Politik belasten, kommt es aber während der wilhelminischen Ära bis 1918 zu keiner parlamentarischen Verfassungsreform. Erst 1919 wird in der Weimarer Republik eine wirkliche Demokratie errichtet.

Im Deutschen Theater in Berlin wird die Komödie »Ein Sommernachtstraum« von William Shakespeare in der Regie von Max Reinhardt erstmals aufgeführt. Die Inszenierung erregt wegen des virtuosen Einsatzes einer Drehbühne großes Aufsehen. Auch beim Theater hält der technische Fortschritt Einzug.

Wetter

Ohne große Besonderheiten gestaltet sich das Januarwetter 1905. Die Durchschnittstemperatur hält sich knapp unter dem Gefrierpunkt (–0,5 °C) auf.

Mittwoch 31. Januar

Gesellschaft

Bei den Hamburger Bürgern ist eine Wahlrechtsvorlage ziemlich umstritten. Dennoch wird heute festgelegt, daß die Hälfte der 160 Mandate der Bürgerschaft automatisch den Notabeln, höheren Beamten und Grundbesitzern zufallen sollen. Über die verbleibenden 80 Mandate soll nach dem Klassenwahlrecht entschieden werden. Dabei wird zwischen den Geringverdienern und den Bürgern mit einem jährlichen Einkommen von mehr als 2500 Mark unterschieden.

Gesellschaft

Zu Zuständen, »die erst im vorigen Jahrhundert beseitigt worden« sind, will Prinz Ludwig von Bayern nicht zurückkehren. Für ihn ist die geplante Einführung von Schiffahrtsabgaben auf deutschen Flüssen und Kanälen indiskutabel. Durch solche Abgaben sowie durch den Eisenbahnbau würde der Wasserverkehr ruiniert.

Wetter

Etwas wärmer und etwas feuchter als der Standardjanuar präsentiert sich der Jahresanfang 1906. Die Durchschnittstemperatur liegt 1,1 Grad über dem langjährigen Mittelwert (–0,4 °C). Es fallen 53 mm Niederschlag, 10 mm mehr als gewöhnlich.

Donnerstag 31. Januar

Politik

Im Zuge der deutschen Frauenrechtsbewegung wird heute von Maria Lischnewska die Liberale Frauenpartei gegründet. In ihrem Programm fordert die Partei ein allgemeines, direktes und geheimes Wahlrecht für Frauen und Männern. 1911 nehmen über eine Million Frauen am Ersten Internationalen Frauentag an einer Demonstration für das Frauenwahlrecht teiln, das im Deutschen Reich erst 1918/19 eingeführt wird.

Gesellschaft

Der Absinth steht auf der Anklagebank in der Schweiz. In Bern geht ein Initiativantrag ein, der dafür sorgen soll, daß Fabrikation, Einfuhr und Ausschank von Absinth verboten weden. Übermäßiger Genuß dieses sehr beliebten Wermuts hat schwere Gesundheitsschäden zur Folge, da er Giftstoffe enthält. 168 341 Bürger unterzeichnen den Antrag. Im Februar erfolgt das Verbot. 1915 wird Absinth auch in Frankreich verboten.

Wetter

Milde Temperaturen wechseln im Januar 1907 mit grimmigem Frost. Das Thermometer fällt auf bis zu –20 °C. Der eisige Wind aus Ost und Nordost sorgt für anhaltende Schneefälle.

Freitag 31. Januar

Politik

In einer Spezialbotschaft an den amerikanischen Kongreß spricht sich US-Präsident Theodore Roosevelt für Maßnahmen gegen Kapitalgesellschaften aus, die den freien Wettbewerb verhindern wollen. Die sog. Trusts verfügen über eine ernstzunehmende Macht und haben auch politischen Einfluß in den USA. Es gab bereits zahlreiche Versuche, eine Antitrustgesetzgebung zu erwirken. Das Resultat dieser Maßnahmen blieb bisher allerdings eher dürftig. 1909 wird Rockefeller gezwungen, seinen Trust aufzulösen.

Kultur

In New York kündigen die Zeitungen eine besondere Ausstellung an, die am Montag eröffnet. Beteiligt sind acht Maler, die sich lapidar »The Eight« nennen. Kritiker bezeichnen sie als »Ash-Can-School« (Mülltonnen-Schule) – das Thema ihrer Werke ist das Großstadtleben.

Wetter

Nahe an den Standardwerten liegen die Wetterdaten für den Januar 1908. Die Temperaturen erreichen durchschnittlich –0,1 °C, die Niederschlagsmenge liegt mit 40,3 mm etwas niedriger als der langjährige Monatsschnitt (43 mm).

Sonntag 31. Januar

Politik

Pulverfaß Balkan: Wegen der Spannungen zwischen Bulgarien und dem Osmanischen Reich verlegt der Sultan Artillerieeinheiten an die Grenze. Vor wenigen Tagen hat die bulgarische Regierung ihrerseits Reservisten einberufen. Die Osmanen als frühere Herrscher über Bulgarien fühlen sich durch die Politik von Ferdinand I. bedroht, der sich 1908 zum Zaren krönen ließ. 1912/13 kommt es zu zwei Balkankriegen, die die Osmanen fast vollständig vom Balkan vertreiben.

Rekorde 1900–1909

400 m: Maxey Long (USA) – 47,8 sec (1900)
Weitsprung: Peter O' Connor (IRL) – 7,61 m (1901)
Stabhochsprung: Walter Dray (USA) – 3,90 m (1908)
Kugelstoßen: R. Rose (USA) – 15,56 m (1909)

Sport

Der Deutsche Hockey-Bund wird im Bonner Hotel »Royal« aus der Taufe gehoben. Englische Schüler spielten 1896 in Bad Godesberg zum ersten Mal auf deutschem Boden Hockey.

Wetter

Zunächst relativ mild und niederschlagsarm ist der Januar in diesem Jahr. Mitte des Monats fallen die Temperaturen jedoch auf bis zu –1,5 °C, und es gibt reichlich Schnee.

1910–1919

Highlights des Jahrzehnts

1910

- Georg V. wird nach dem Tod Eduards VII. britischer König
- Der Halleysche Komet passiert die Erde
- Bürgerliche Revolution beendet Monarchie in Portugal
- Wassily Kandinsky begründet die abstrakte Malerei
- Sieg des Schwarzen Jack Johnson bei Box-WM

1911

- Bürgerkrieg in Mexiko
- »Panthersprung nach Agadir« löst Zweite Marokkokrise aus
- Militärputsch leitet chinesische Revolution ein
- Roald Amundsen gewinnt den Wettlauf zum Südpol

1912

- Erster Balkankrieg
- Woodrow Wilson wird 28. US-Präsident
- Untergang der »Titanic«
- Büste der ägyptischen Königin Nofretete gefunden

1913

- Zweiter Balkankrieg
- Niels Bohr entwirft neues Atommodell
- Größter Bahnhof der Welt (Grand Central Station) in New York eingeweiht

1914

- Österreichs Thronfolger in Sarajevo ermordet
- Ausbruch des Ersten Weltkrieges
- Eröffnung des Panamakanals

1915

- Stellungskrieg im Westen
- Beginn der Ostoffensive
- Charlie Chaplin wird mit »Der Tramp« Star des US-Kinos
- Versenkung der »Lusitania« durch ein deutsches U-Boot

1916

- Schlacht um Verdun
- Osteraufstand in Irland niedergeschlagen
- Seeschlacht vor dem Skagerrak
- Der österreichische Kaiser Franz Joseph I. stirbt
- Rasputin ermordet

1917

- Beginn des uneingeschränkten U-Boot-Krieges
- Zar Nikolaus II. dankt ab
- Oktoberrevolution in Rußland

1918

- US-Präsident Wilson verkündet 14-Punkte-Programm zur Beendigung des Krieges
- Russische Zarenfamilie ermordet
- Waffenstillstand von Compiègne beendet Ersten Weltkrieg
- Novemberrevolution: Kaiser Wilhelm II. dankt ab, Philipp Scheidemann ruft die deutsche Republik aus

1919

- Spartakusaufstand niedergeschlagen
- Rosa Luxemburg und Karl Liebknecht ermordet
- Friedrich Ebert erster Reichspräsident
- Versailler Vertrag

◀ **Im Kampf gegen widrige Verhältnisse: Charlie Chaplin als »Tramp« (1915)**

Montag 31. Januar

Politik

Mitglieder des deutschen Monistenbundes, der 1906 auf Initiative von Ernst Haeckel und Albert Kalthoff gegründet wurde, richten in Berlin eine Veranstaltung zum Thema »Hat Jesus gelebt?« aus. Der Monistenbund, ein Zusammenschluß von Freidenkern, richtet provokative Angriffe gegen dogmatisch eingestellte Christen. So wird auch die Existenz des geschichtlichen Jesus angezweifelt.

Gesellschaft

Vertreter des Alldeutschen Verbandes schreiben Reichskanzler von Bethmann Hollweg, daß das Auswärtige Amt »alles Vertrauen verloren« habe, weil es »fremdländische Interessen zum Nachteil reichsdeutscher« fördere. Der Alldeutsche Verband kritisiert die deutsche Regierung, weil sie in der Marokkofrage die Ansprüche Frankreichs anerkannt hat. Die Alldeutschen wollen aggressiv nationalistisch den Deutschen Weltgeltung verschaffen — besonders durch ein großes Kolonialreich.

Wetter

Die seit Wochen anhaltende milde Witterung beherrscht auch den Januar 1910. Die Durchschnittstemperatur von 2,5 °C liegt weit über dem langjährigen Mittelwert für diesen Monat (–0,4 °C).

1911

Dienstag 31. Januar

Politik

Steuervorteile für den Adel sind im Deutschen Kaiserreich selbstverständlich. Mit riesiger Mehrheit beschließen die Abgeordneten des Reichstags die Wiedereinführung der Steuerfreiheit für die Bundesfürsten, so daß das Parlament heute eine entsprechende Order erläßt. Diese Steuerfreiheit gilt allerdings nur im Rahmen der neuen Reichswertzuwachssteuer – eine ziemlich umstrittene Maßnahme. Der Verband mittlerer und kleinerer Städte hat bereits im Oktober 1910 dagegen protestiert, daß die Besteuerung des Wertzuwachses von Grundstücken an das Reich und nicht an die Gemeinden zu entrichten ist. Dadurch verlieren die Kommunen bedeutende Gelder. Auch der Zentralverband der Haus- und Grundbesitzervereine Deutschlands ist mit dem Gesetz nicht einverstanden. Er kritisiert die »Sondersteuer auf den deutschen Haus- und Grundbesitz«.

Stars der Jahre 1910–1919

David Wark Griffith
Filmregisseur
Mary Pickford
Filmschauspielerin
Enrico Caruso
Sänger
Douglas Fairbanks
Filmschauspieler
Charlie Chaplin
Filmschauspieler

Wetter

Nach einem sehr milden Winterbeginn (3,0 °C im Dezember) fallen die Temperaturen im Januar 1911 doch noch auf durchschnittlich 1,0 °C.

Mittwoch 31. Januar

Politik

Tumulte in Kroatien: Zahlreiche Studenten und etliche Polizeikräfte geraten in der kroatischen Stadt Agram, dem späteren Zagreb, aneinander, weil die Hochschüler während einer Versammlung ihren Unmut über die Auflösung des Landtages bekunden wollen. Der österreichische Kaiser Franz Joseph I. hat in seiner Eigenschaft als König von Kroatien Anfang November den Landtag aufgelöst mit der Begründung, dieser sei nicht arbeitsfähig. Die Regierung des zu Österreich-Ungarn gehörenden Kroatien ordnet die Schließung der Universität an.

Rekorde 1910–1919

Schwimmen: H. Hebner (USA) – 1:20,8 min/ 100 m Rücken (1912)
100 m: Nina Popowa (RUS) – 13,1 sec (1913)
Hochsprung: C. Larson (USA) – 2,03 m (1917)
Speerwerfen: Jonni Myyrä (FIN) – 66,10 m (1919)

Gesellschaft

Der Vater der Relativitätstheorie, Albert Einstein, nimmt einen Ruf der Universität Zürich an. Zur Zeit arbeitet der wohl bedeutendste Physiker des 20. Jahrhunderts in Prag.

Wetter

Sturm und Regen bestimmen zunächst den Januar 1912 bei recht milden Temperaturen. In den letzten Tagen des Monats kühlt es jedoch plötzlich ab.

Freitag 31. Januar

Gesellschaft

Seitdem im Jahr 1881 Mülhausen, Hamburg und Berlin als erste deutsche Städte Telefonnetze installieren ließen, ist das Bedürfnis nach Fernsprechanlagen enorm gestiegen. Aus diesem Grund kommt der Berliner Magistrat dem Wunsch der Deutschen Reichspost nach und verfügt, daß auf städtischem Gebiet Plätze für öffentliche, aus Preßglas gefertigte Telefonzellen freigemacht werden sollen. Während es 1909 im Deutschen Reich 938 900 Sprechstellen gab, sind es nun bereits 1 387 300 dieser neuartigen Fernsprechanlagen.

Gesellschaft

Die Berliner Museumsinsel soll renoviert werden. Der preußische Landtag bewilligt Gelder für die längst fälligen Arbeiten. Eine Grundwasserspiegelsenkung verursachte Schäden an den Gebäuden. Die Museumsinsel beherbergt unter anderem das bedeutende Pergamonmuseum sowie das Kaiser-Friedrich-Museum.

Wetter

Kalt präsentiert sich der Januar 1913, aber mit 21 mm Niederschlägen auch außergewöhnlich trocken. Der Standardwert für den Monat liegt mit 43 mm mehr als doppelt so hoch.

Samstag 31. Januar

Politik

Als Nachspiel zur »Zabern-Affäre« werden im deutschen Reichsland Elsaß-Lothringen personelle Konsequenzen gezogen. So wird der dortige Staatssekretär Freiherr Zorn von Bulach abgelöst. Elsaß-Lothringen gehört seit dem Deutsch-Französischen Krieg 1871 zum Reich. In Zabern kam es 1913 zu Protesten, weil preußische Offiziere die elsässische Bevölkerung beleidigt haben. Die Unruhen haben die deutschen Militärs unterdrückt, indem sie widerrechtlich das Belagerungsrecht verhängten. Auch Kaiser Wilhelm II. hat die Affäre geschadet, weil er sich zuerst vor seine Soldaten gestellt hat.

Kultur

Im Deutschen Theater Berlin finden sich die Schauspieler zu einer letzten Probe ein. In den Kammerspielen kommt am Montag die Komödie »Der Snob« auf die Bühne. Der Autor Carl Sternheim hat mit dem Stück eine sozialkritische Satire auf den Standesdünkel der Geldaristokraten verfaßt.

Wetter

Nach Rekordniederschlägen zum Jahreswechsel beruhigt sich die Wetterlage im Januar 1914 allmählich. Allerdings wird es mit durchschnittlich –1,7 °C empfindlich kalt.

Sonntag 31. Januar

Politik

Die Handelsschiffe Großbritanniens sollen künftig neutrale Flaggen setzen. Das geht aus einem Geheimbefehl der britischen Admiralität hervor, die damit die deutschen U-Boote irritieren will. Seit August 1914 tobt in Europa der Erste Weltkrieg. Die britische Marine will Deutschland durch eine Blockade, die deutsche Marine Großbritannien durch den U-Boot-Krieg aushungern.

Sport

Ganz Italien fiebert mit den elf Spielern der nationalen Fußballmannschaft. Der Heimvorteil und die besseren Nerven verhelfen den Italienern im Fußball-Länderspiel in Turin zum Sieg. Die Kicker aus der Schweiz gehen nach dem Schlußpfiff mit 1:3 geschlagen vom Platz. Länderspiele sind noch immer etwas besonderes. Als erstes überhaupt gilt die Begegnung 1872 zwischen Schottland und England.

Preise in den Jahren 1910–1919

1 kg Butter	2,74
1 kg Mehl	1,90
1 kg Fleisch	3,00
1 Ei	0,13
1 l Vollmilch	0,25
10 kg Kartoffeln	3,30
Stundenlohn	0,66

in Mark, Stand 1913

Wetter

Die milde Witterung im Januar 1915 schließt nahtlos an den zu warmen Dezember an.

Montag 31. Januar

Gesellschaft

Die Lebensmittel in Deutschland werden im zweiten Jahr des Ersten Weltkriegs knapper. Auf die ab heute gültige neue Brotkarte werden 1900 g Brot ausgehändigt. Bisher lag die Wochenration bei 1950 g. Die von der Regierung festgelegten Höchstpreise werden oft nicht eingehalten. Preistreiberei herrscht allenthalben. So kann man heute in Danzig ein Weißbrot für 25 Pfennig erstehen. In Paderborn kostet es dagegen 50 Pfennig.

Die Herrenkleidung wird sportlicher. Dazu gehört der weiche Hut

Politik

Der Luftkrieg ist eine deutsche Erfindung im Ersten Weltkrieg. Neben Liverpool greifen deutsche Zeppeline heute Manchester, Nottingham, Sheffield und die Humber-Mündung an und werfen über diesen Gebieten Bomben ab.

Wetter

Dauerniederschläge sorgen im Januar 1916 für trübe Aussichten. Mit 100 mm schlägt dieser Monat alle Rekorde; normalerweise fallen 43 mm. Nur die extrem milden Temperaturen um 4,0 °C entschädigen für die nassen Füße.

Mittwoch 31. Januar

Politik

Schärfere Züge nehmen die Kriegshandlungen zu Wasser an. Wie die deutsche Regierung in Berlin heute den Vereinigten Staaten mitteilt, will das Deutsche Reich zum 1. Februar den uneingeschränkten U-Boot-Krieg beginnen. Das heißt, daß ab diesem Zeitpunkt entgegen geltendem Seerecht auch neutrale Schiffe ohne Warnung angegriffen werden. Dieser Beschluß veranlaßt die bisher neutralen Amerikaner im April zum Kriegseintritt.

Das praktische Sportkleid für die Jagd und für Bergtouren

Gesellschaft

Bei ihrer Zusammenarbeit ist seit 1907 schon so manches radioaktives chemisches Element zum Vorschein gekommen. Heute entdecken Luise Meitner und Otto Hahn am Kaiser-Wilhelm-Institut für Chemie ein seltenes Element: das Protactinium, das zur Gruppe der Aktiniden gehört.

Wetter

Frost um –1,9 °C und anhaltende Schneefälle bestimmen den Januar 1917. Das langjährige Mittel von –0,4 °C wird erheblich unterschritten.

Donnerstag 31. Januar

Gesellschaft

Damit die Hausfrauen angesichts der schwierigen Ernährungslage nicht ganz verzweifeln, veröffentlicht die Kriegsnährmittelgesellschaft in Berlin Rezepte für spezielle »Kriegssuppen«. Diese sollen sparsam in der Herstellung sein und trotzdem sehr nahrhaft. Eine Fleischeinlage ist dabei kaum vorgesehen. Denn die Schlachthöfe sind seit 1915 hauptsächlich mit der Produktion von Konserven für das deutsche Heer betraut. Das in Salzwasser abgekochte Rindfleisch wird in Blechdosen gefüllt, wobei eine Blechdose die Tagesration für zwei Soldaten ist.

Gesellschaft

Nach Unterzeichnung eines Pachtvertrages darf Großbritannien nun den französischen Kanalhafen von Calais gegen ein regelmäßiges Entgelt nutzen. Der Vertrag wird auf 99 Jahre geschlossen. Calais ist für beide Länder besonders geschichtsträchtig, denn bis 1558 war der Hafen britisch.

Wetter

Ein harter Winter hatte sich im Dezember angekündigt. Im Januar 1918 bleiben die Temperaturen jedoch relativ normal. Mit 0,5 °C liegt die Durchschnittstemperatur über dem langjährigen Mittel.

Freitag 31. Januar

Politik

Die Verfassunggebende Versammlung von Württemberg in Stuttgart beschäftigt sich heute in erster Lesung mit einem Verfassungsentwurf. Württemberg, im Mittelalter stärkste Autorität in Südwestdeutschland, war 1805 zum Königreich erhoben worden. Nach dem Ende des Ersten Weltkrieges und des deutschen Kaiserreichs 1918 soll es nun gemäß der Weimarer Verfassung den Status eines Freistaats erhalten. Alle früheren 22 Fürstentümer des Deutschen Reiches werden demokratische, republikanische Teilstaaten.

Politik

Österreich als Teil Deutschlands, das wollen die Siegermächte des Ersten Weltkriegs nicht anerkennen. Auf den Beschluß des Staatsrat in Wien, der Deutschösterreich zum Teil des Deutschen Reichs erklärt, hagelt es aus London, Paris und Brüssel Proteste. In den Friedensverträgen, die den Ersten Weltkrieg endgültig abschließen, wird dieser »Anschluß« denn auch verboten

Wetter

Recht mild ist der Januar 1919. Das Thermometer zeigt gelegentlich schon Werte deutlich über 1 °C. Es fallen wenig Niederschläge.

1920-1929

Highlights des Jahrzehnts

1920

- Prohibition: Alkoholverbot in den USA
- NSDAP verabschiedet ihr Programm
- Kapp-Putsch scheitert
- Erstmals Salzburger Festspiele

1921

- Alliierte besetzen das Rheinland
- Hitler wird NSDAP-Vorsitzender
- Hormon Insulin entdeckt
- Rudolph Valentino wird Frauenidol
- Vertrag von Sèvres bedeutet Ende des Osmanischen Reichs

1922

- Hungersnot in Rußland
- »Deutschlandlied« wird zur Nationalhymne erklärt
- Mussolinis Marsch auf Rom
- Gründung der UdSSR
- Grab des Tutanchamun entdeckt
- Deutsch-russische Annäherung durch Vertrag von Rapallo
- Gründung der BBC
- Johnny Weissmuller stellt über 100 m Kraul den ersten seiner 67 Weltrekorde auf (58,6 sec)

1923

- Franzosen besetzen Ruhrgebiet
- Hitlers Putschversuch scheitert
- Währungsreform beendet Inflation im Deutschen Reich
- Die Türkei wird Republik

1924

- Erstmals Olympische Winterspiele
- Revolutionsführer Lenin stirbt
- Dawes-Plan lockert finanzielle Zwänge für Deutschland
- VIII.Olympische Spiele: Läufer Paavo Nurmi gewinnt 5 Goldmedaillen

1925

- Einparteiendiktatur in Italien
- Neugründung der NSDAP
- Hindenburg wird nach dem Tod Eberts Reichspräsident
- Europäische Entspannung durch Locarno-Pakt
- Joséphine Baker wird im Bananenröckchen zum Weltstar

1926

- Japans Kaiser Hirohito besteigt den Thron
- Militärputsch Pilsudskis in Polen
- Walt Disneys Mickey Mouse erblickt das Licht der Welt
- Deutschland im Völkerbund

1927

- Stalin entmachtet politische Gegner
- Charles Lindbergh überfliegt den Atlantik
- Uraufführung des Films »Metropolis« von Fritz Lang

1928

- Briand-Kellogg-Pakt zur Kriegsächtung unterzeichnet
- Alexander Fleming entdeckt das Penicillin
- »Dreigroschenoper« von Brecht und Weill uraufgeführt
- Erste Transatlantik-Fluglinie

1929

- Youngplan regelt Reparationen
- »Schwarzer Freitag« in New York löst Weltwirtschaftskrise aus
- Erste Oscar-Verleihung in Hollywood
- Antikriegs-Roman »Im Westen nichts Neues« von Erich Maria Remarque

◀ **Unnahbare Schönheit: Marlene Dietrich auf dem Weg zum Welterfolg**

Samstag 31. Januar

Politik

Der Berliner »Volks-Zeitung« kann man heute den folgenden Ausspruch entnehmen: »Während die Linksparteien mit deutscher Gründlichkeit ihre Zwiste austragen, macht die Rechte klar zum Gefecht.« Der Redakteur Carl von Ossietzky kommentiert damit die gegenwärtige deutsche Politik und will auf die Gefahren einer rechtsgerichteten Diktatur, wie sie dann unter Hitler auf grausame Weise Wirklichkeit wird, hinweisen. Der Pazifist Ossietzky wird von den Nazis ins KZ verschleppt und stirbt 1938 an den Haftfolgen.

Sport

8:3 heißt das Ergebnis des Rugby-Länderspiels zwischen England und Frankreich, das in der Nähe von London ausgetragen wird. Mit ihrem Sieg beweist die englische Mannschaft ihre Überlegenheit in der 1823 in der englischen Stadt Rugby entstandenen Sportart, einer rüden Mischung aus Fuß- und Handball.

Wetter

Noch etwas wärmer als im Vorjahr ist der Januar diesmal – mit durchschnittlich 2,0 °C. Die Dauerniederschläge, die in den letzten Wochen das Wetter bestimmten, klingen allmählich ab.

Montag 31. Januar

Gesellschaft

Immer weniger freie Stellen für zu viele Arbeitslose. Das ist das Fazit, daß das Reichsministerium für Wirtschaft in Berlin ziehen muß. Die Zahl der Arbeitslosen im Deutschen Reich ist auf 357 000 gestiegen, und um eine offene Stelle kämpfen fast vier Bewerber. Durch die kriegsbedingte Inflation verarmt die Bevölkerung zusehends. Streiks und Unruhen sind die Folgen von Hunger und Elend – gleichzeitig ein Nährboden für den späteren Nationalsozialismus.

Politik

Der Republikanische Schutzbund kann im Deutschen Reich zunächst keinen Fuß fassen. In München spricht der Staatskommissar der Polizei gegen die sozialdemokratische Kampforganisation ein Verbot aus. Zwei Jahre später erreicht der Bund sein Ziel in Österreich, wo die bewaffnete Organisation, gebildet aus den Arbeiterwehren, genehmigt wird.

Wetter

Der Winter verabschiedet sich in diesem Jahr scheinbar schon im Januar. Das Thermometer steigt auf ungewöhnlich hohe Temperaturen um 5 °C. Die milde Witterung geht allerdings mit häufigen Niederschlägen einher.

Dienstag 31. Januar

Gesellschaft

Die prekäre Lage im Deutsche Reich ist an den Zahlen des Statistischen Reichsamtes genau abzulesen. So haben sich die Lebenshaltungskosten im Vergleich zum Vorjahr um 73,7% erhöht. Der absolute Rekordsprung kommt im nächsten Jahr. Von Januar 1923, 1 kg Roggenbrot kostet 250 Mark, steigen die Preise bis November 1923 ins Utopische: 1kg Brot kostet 200 Mrd. Mark. Der Preis ist Ergebnis der schlimmsten Inflation der Geschichte.

Kultur

»Fridericus Rex. Ein Königsschicksal« erlebt im Berliner Ufa-Palast seine Uraufführung. Der Film von Arzen von Csérepy wird schließlich im ganzen Deutschen Reich kontrovers diskutiert. Während die Konservativen die positive Darstellung des Preußenkönigs loben, beschuldigen politisch Linke den Regisseur des Militarismus. Der Streit führt sogar zu Krawallen in den Kinosälen.

Wetter

Grimmiges Winterwetter beherrscht zum ersten Mal seit Jahren wieder den Januar. Die Temperaturen sinken auf durchschnittlich –3,5 °C; der langjährige Mittelwert für diesen Monat liegt bei –0,4 °C.

Mittwoch 31. Januar

Politik

Die französische Regierung will mit einem Dekret den Transport von Kohlen und Koks aus dem Anfang Januar besetzten Ruhrgebiet in die unbesetzten Gebiete des Deutschen Reichs unterbinden. Doch immer wieder werden Lieferungen an den Besatzern vorbeigeschmuggelt. Französische und belgische Truppen sind in das Ruhrgebiet einmarschiert, weil die Deutschen mit den Reparationszahlungen für den Ersten Weltkrieg im Verzug sind.

An den Fahnen und Offizieren der Belgier und Franzosen im besetzten Ruhrgebiet müssen deutsche Polizisten mit gesenkten Augen vorbeigehen. Ein militärischer Gruß wird von der preußischen Regierung untersagt.

Technik

Reger Verkehr herrscht auf der neu eingeweihten Nord-Süd-Strecke der Berliner U-Bahn. Berlin erhielt ab 1902 als erste deutsche Stadt eine Untergrundbahn. Die allererste U-Bahn der Geschichte verkehrt seit 1863 in London. Als erste Stadt auf dem europäischen Festland eröffnete Budapest 1897 eine U-Bahn.

Wetter

Angenehm mild im Vergleich zum Vorjahr ist das Wetter im Januar 1923. Die Durchschnittstemperatur beträgt 2,2 °C.

Donnerstag 31. Januar

Politik

Als erster kommunistischer Staat hat sich 1922 die Sowjetunion konstituiert. Nun wird die im Juli in Kraft getretene Verfassung vom II. Allunions-Sowjetkongreß endgültig bestätigt. Nach dem Tod Lenins am 21. Januar erkämpft sich der 1879 in Georgien geborene Josef W. Stalin die Macht über den zentralistisch regierten Einheitsstaat, der formal eine Föderation darstellen soll.

Politik

Der Dawesplan zeichnet sich ab: Bei den internationalen Gesprächen über die Wiedergutmachungsleistungen Deutschlands für den Ersten Weltkrieg werden erstmals deutsche Stellen miteinbezogen. Im August bringt der Dawesplan eine Erleichterung für das Deutsche Reich. Statt 5,4 Mrd. Goldmark sind nun nur noch 2,4 Mrd. Goldmark jährlich zu zahlen.

Rekorde in den 20er Jahren

Schwimmen: J. Weissmuller (USA) – 58,6 sec/100 m Freistil (1922)
10 000 m: P. Nurmi (FIN) – 30:06,1 min (1924)
1500 m: O. Peltzer (GER) – 3:51,0 min (1926)
Kugelstoßen: Emil Hirschfeld (GER) – 16,04 m (1928)

Wetter

Mit strengem Frost und ungewöhnlich niedrigen Temperaturen um –3,2 °C präsentiert sich der Januar in diesem Jahr.

Samstag 31. Januar

Kultur

Das New Yorker Publikum hat ihn bei mehreren Konzerten ausgiebig gefeiert. Heute verläßt der deutsche Dirigent Wilhelm Furtwängler die Vereinigten Staaten wieder Richtung Heimat. Seit 1922 leitet er nicht nur das Leipziger Gewandhaus, sondern ist auch Chef der Berliner Philharmoniker, mit denen er insbesondere die Sinfonik und Oper des 19. Jahrhunderts einstudiert.

Technik

Zum Höhepunkt einer von Garmisch veranstalteten Flugschau gerät heute der Flug rund um die Zugspitze. Das Selbstbewußtsein der Deutschen wird allerdings im Oktober weitaus mehr gestärkt, als ein Zeppelin den Atlantik überquert und in New York landet. Mit der »Hindenburg« wird später ein regelmäßiger Passagierdienst auf der Strecke eingerichtet.

Preise in den 20er Jahren

1 kg Butter	3,60
1 kg Mehl	0,50
1 kg Fleisch	2,50
1 Ei	0,20
10 kg Kartoffeln	0,80
Stundenlohn	0,93

in RM, Stand 1926 (ohne Inflationsjahre)

Wetter

Das Thermometer fällt im Januar auf Tiefstwerte um –3,2 °C. Das frostige Wetter wird von häufigen Schneefällen begleitet.

Sonntag 31. Januar

Politik

Aus dem besetzten Ruhrgebiet sind die letzten alliierten Truppen bereits Ende Juli 1925 abgezogen. Nun räumen belgische und britische Verbände die Kölner Zone im Rheinland. Der Rückzug aus dem seit 1919/20 besetzten Rheinland war mit der Begründung hinausgezögert worden, Deutschland habe sich nicht an die Entwaffnungsbestimmung nach dem verlorenen Ersten Weltkrieg gehalten. Die letzten Alliierten verlassen das Rheinland 1930.

Tiefe Taille und schmale Silhouette: Mode im Zeichen des Art déco

Gesellschaft

Auch am zweiten Tag der Ersten Westdeutschen Funkausstellung strömen die Menschen wieder in den Ehrenhof des Messegebäudes in Köln. Die Geschichte des öffentlichen deutschen Rundfunks begann 1923 in Berlin.

Wetter

Nach zwei ungewöhnlich kalten Wintern hält sich Väterchen Frost im Januar 1926 etwas zurück. Das Thermometer erreicht Durchschnittswerte, die mit –0,2 °C knapp über dem langjährigen Mittelwert (–0,4 °C) liegen.

Montag 31. Januar

Politik

Eine britische Division wird nach China beordert. In Shanghai sollen die 12 000 Soldaten zum Schutz der dort lebenden Briten stationiert werden. Auch die Franzosen und die Amerikaner haben bereits Kriegsschiffe nach China entsandt. Nachdem chinesische Arbeiter gegen die Anwesenheit von Ausländern protestiert hatten, ist es im Mai 1925 in Shanghai u. a. zu einem antibritischen Boykott gekommen. Das eigentliche Problem Chinas sind aber die innenpolitischen Wirren. Immerhin ist es der nationalrevolutionären Kuomintang-Partei unter der Führung von Chiang Kai-shek im Verbund mit Mao Tse-tungs Kommunisten in den letzten zwei Jahren gelungen, die regionalen Militärmachthaber in weiten Teilen Chinas zu besiegen. 1927 kündigt Chiang das Bündnis mit Mao, und beginnt die Kommunisten zu bekämpfen.

Vornehm und doch lässig: Burberry aus imprägniertem Baumwollstoff

Wetter

Recht mild ist der Januar 1927. Es herrschen Temperaturen um 2,3 °C – weit über dem langjährigen Mittel. Das sonnige Wetter wird allerdings durch relativ häufige Niederschläge getrübt.

Dienstag 31. Januar

Kultur

Die Universität im ostpreußischen Königsberg mußte aufgrund zunehmender Studentenzahlen erweitert werden. Heute können die Erweiterungsbauten in einer Festveranstaltung eingeweiht werden. Der preußische Kultusminister Carl Heinrich Becker hält eine Ansprache, in der er bereits leise andeutet, daß er die Zahl der Studenten am liebsten begrenzen möchte. Zur Zeit gibt es 111 000 Studenten in Deutschland – 10 000 mehr als im Vorjahr.

Stars der 20er Jahre

Buster Keaton
Filmschauspieler
Johnny Weissmuller
Schwimmer
Rudolph Valentino
Filmschauspieler
Joséphine Baker
Tänzerin
Charles Lindbergh
Flieger

Gesellschaft

Im Ausstand befinden sich 45 000 Arbeiter in Barcelona. Als Tagelöhner waren sie bisher von direkten Steuern befreit. Die von der spanischen Regierung geplante neue Besteuerung hat deshalb gestern zum Streik geführt.

Wetter

Mit klirrender Kälte war das Jahr 1927 zu Ende gegangen. Dagegen herrschen im Januar vergleichsweise angenehme Temperaturen um 1,3 °C, die über dem langjährigen Mittelwert (–0,4 °C) liegen.

Donnerstag 31. Januar

Politik

In einem offiziellen Schreiben lädt die UdSSR heute Polen zur Unterzeichnung des Litwinow-Protokolls ein. Der stellvertretende sowjetische Volkskommissar des Äußeren, Maxim M. Litwinow, hat Ende 1927 bei Abrüstungsgesprächen in Genf einen Plan zur Ächtung des Krieges vorgelegt. Am 9. Februar unterzeichnen neben Polen und der Sowjetunion auch Estland, Lettland und Rumänien den Nichtangriffspakt.

Kultur

Auch in Buchform liegt ab heute der Antikriegsroman »Im Westen nichts Neues« von Erich Maria Remarque vor. Der Vorabdruck in der »Vossischen Zeitung« hatte bereits großes Aufsehen erregt. So ist es kaum verwunderlich, daß die Erstauflage schon vergriffen ist, bevor sie auf den Ladentisch gelangt. Der Autor, der als Freiwilliger im Ersten Weltkrieg diente, legt in desillusionierender Weise die Auswirkungen des Krieges bloß.

Wetter

Ein Rekordwinter bahnt sich Anfang 1929 an. Die Januartemperaturen fallen zum ersten Mal seit Jahrzehnten auf durchschnittlich –4,4 °C. Eine wochenlange Kältewelle bringt heftige Schneefälle.

1930-1939

Highlights des Jahrzehnts

1930

- Mahatma Gandhi startet Salzmarsch
- Marlene Dietrich avanciert im Film »Der Blaue Engel« zum Weltstar
- Uruguay wird erster Fußballweltmeister
- Max Schmeling durch Disqualifikationssieg Boxweltmeister im Schwergewicht

1931

- Spanien wird Republik
- Vorführung des Ganzmetallflugzeugs »Ju 52« (»Tante Ju«)
- Empire State Building höchstes Gebäude der Welt
- Mafia-Boß Al Capone hinter Gittern

1932

- Staatsstreich in Preußen
- Wahlsieg der NSDAP
- Chaco-Krieg um Erdöl zwischen Bolivien und Paraguay
- Proklamation des Staates Saudi-Arabien

1933

- Adolf Hitler zum Reichskanzler ernannt
- Reichstagsbrand in Berlin
- Ermächtigungsgesetz in Kraft
- Deutsche Studenten verbrennen »undeutsche« Literatur

1934

- Nationalsozialistischer Volksgerichtshof gegründet
- »Röhm-Putsch« niedergeschlagen
- Mord an Bundeskanzler Dollfuß – Ende der 1. Republik Österreich
- Maos Kommunisten in China auf dem »Langen Marsch«

1935

- Judenverfolgung mit sog. Nürnberger Gesetzen
- Italien marschiert in Äthiopien ein
- Porsche baut Prototyp für VW »Käfer«
- Deutsch-britisches Flottenabkommen

1936

- Beginn des Spanischen Bürgerkriegs
- Volksfrontregierung in Frankreich
- Ausstellung »Entartete Kunst«
- XI. Olympische Spiele in Berlin zur NS-Propaganda genutzt
- Margaret Mitchell veröffentlicht »Vom Winde verweht«
- Schauprozesse in der UdSSR

1937

- Krieg zwischen Japan und China
- Georg VI. in London gekrönt
- Zeppelin LZ »Hindenburg« explodiert in Lakehurst
- Niederländische Kronprinzessin Juliana heiratet Prinz Bernhard

1938

- »Anschluß« Österreichs ans Deutsche Reich
- Münchner Abkommen soll Hitler bezähmen
- Terror gegen Juden in der »Reichskristallnacht«
- Otto Hahn gelingt erste Atomspaltung

1939

- Deutsche Truppen marschieren in Prag ein
- Hitler-Stalin-Pakt
- Beginn des Zweiten Weltkrieges

◀ Max Schmeling schreibt mit seinem Sieg über Joe Louis 1936 Boxgeschichte

Freitag 31. Januar

Politik

Über die Wiedergutmachung für den Ersten Weltkrieg streiten in Deutschland die Politiker. Am 20. Januar ist die Zweite Haager Konferenz zu Ende gegangen. Sie verpflichtet Deutschland auf Zahlungen von rund 2 Mrd. Goldmark jährlich bis 1988. Finanzminister Erwin Baum kritisiert die festgelegte Höhe dieser von Deutschland zu zahlenden Summe. Auch Reichsbankpräsident Hjalmar Schacht mißbilligt die Regelungen. Infolge der Weltwirtschaftskrise seit 1929 ist dieser sog. Youngplan praktisch nur bis 1931 in Kraft.

Politik

Eine Versammlung von Kommunisten wird in Berlin durch die Polizei aufgelöst. Dabei werden 76 Teilnehmer festgenommen. Durch härteres Vorgehen gegen die extremen politischen Organisation versuchen die deutschen Behörden, der politischen Polarisierung im Deutschen Reich die Spitze zu nehmen. Dabei sind sie aber zunehmend auf dem rechten Auge blind.

Wetter

Zu warm ist der Januar 1930. Mit durchschnittlichen 2,2 °C steigt das Quecksilber beachtliche 2,6 °C höher, als es der Monatsstandard verlangt.

Samstag 31. Januar

Kultur

»Hamlet« von William Shakespeare als Hörereignis besonderer Art bietet heute Radio Berlin. Unter der Regie von Alfred Braun wird eine 90minütige dramaturgische Bearbeitung von Bertolt Brecht gesendet. Die Rolle der Hauptfigur spricht der österreichische Schauspieler Fritz Kortner, der nach dem Zweiten Weltkrieg einer der bedeutendsten deutschsprachigen Regisseure ist. Der öffentliche deutsche Rundfunk wurde gerade sieben Jahre zuvor in Berlin aus der Taufe gehoben.

Gesellschaft

Seinen traditionellen Ball veranstaltet wieder einmal der Verein Berliner Presse – wie seit Jahrzehnten üblich – in den Festräumen des Zoologischen Gartens. Seit 1882 treffen sich hier jährlich Herausgeber, Redakteure, Volontäre und zahlreiche Prominente des gesellschaftlichen wie politischen Lebens, um »Gesichtspflege« zu betreiben und das Tanzbein zu schwingen.

Wetter

Knapp über dem Gefrierpunkt bewegen sich die Temperaturen in diesem Januar. Die wenig spektakuläre Witterung wird von anhaltenden Schnee- und Regenschauern begleitet.

Sonntag 31. Januar

Politik

Die Friedensbemühungen des Völkerbundes scheinen zu scheitern, als die japanische Kriegsmarine Schiffe vor der Küstenstadt Nanking, dem Sitz der chinesischen Regierung, positioniert. Mit dieser militärischen Aktion wollen die Japaner ihre Ansprüche im Konflikt um die Mandschurei manifestieren. Der Völkerbund versucht seit Anfang des Monats den japanischen Einmarsch in die Mandschurei zu verhindern und Chinas Souveränität zu garantieren. Noch 1932 errichten die Japaner dort den Vasallenstaat Mandschukuo.

Gesellschaft

Der seit 1923 mögliche private Radioempfang im Deutschen Reich führte schnell dazu, daß sich zahlreiche Menschen eine entsprechende Anlage kauften. Reichsrundfunkdirektor Kurt Magnus beziffert heute den Bestand an reichsdeutschen Empfangsgeräten auf 3,98 Millionen. Bereits 1925 ist die Millionengrenze überschritten worden.

Wetter

Recht mild zeigt sich der Januar 1932. Das Thermometer erreicht durchschnittlich 1,7 °C. Die Temperaturen liegen damit weit über dem langjährigen Mittel von –0,4 °C.

Dienstag 31. Januar

Politik

Gestern hat Adolf Hitler die Macht im Deutschen Reich erhalten, heute kommentieren Politiker die Ernennung Hitlers zum Reichskanzler. Während der SPD-Fraktionsvorsitzende Rudolf Breitscheid auf ein baldiges Ende der Herrschaft drängt, geht der Vorsitzende des Allgemeinen Deutschen Gewerkschaftsbundes, Theodor Leipart, davon aus, daß die Hitler-Regierung nicht »die deutsche Arbeiterschaft und deren Organisationen überwältigen« kann.

Kultur

In London wird die Uraufführung der im vergangenen Jahr entstandenen »Sinfonietta für Kammerorchester« vom Komponisten selbst dirigiert. Sie ist Benjamin Brittens erstes Werk. Der 1913 in England geborene Britten hat 1930 ein Stipendium am Royal College of Music in London erhalten. 1937 erntet er einen ersten internationalen Erfolg bei den Salzburger Festspielen.

Wetter

Ein frostiger Januar mit durchschnittlich –3,3 °C folgt den milden Wintern der letzten Jahre. Als Trostpflaster für die Minustemperaturen überwiegen die Sonnentage. Es fallen kaum Niederschläge.

Mittwoch 31. Januar

Rekorde in den 30er Jahren

200 m: J. Carlton (AUS) – 20,6 sec (1932)
Weitsprung: Jesse Owens (USA) – 8,13 m (1935)
Weitsprung: Erika Junghans (GER) – 6,07 m (1939)
400 m: Rudolf Harbig (GER) – 46,0 sec (1939)

Technik

Ihren Weltrekord können drei sowjetische Ballonfahrer nicht mehr auskosten. Nachdem sie gestern mit einem neuen Ballon die Weltrekordhöhe von 20 600 m erreichten, stürzt »Stratosat« heute südöstlich von Moskau ab. Die am 1. Januar gestartete Mannschaft hat über Funk noch durchgegeben, daß die Temperatur in 1500 m Höhe auf minus 77 Grad gefallen sei.

Kultur

Das Stadttheater Zürich präsentiert seinem Publikum heute wieder eine außergewöhnliche Tanzvorstellung. Mary Wigman, Choreographin und derzeit bedeutendste Ausdruckstänzerin, zeigt zwei »Frauentänze« und zwei Stücke aus ihren »Zigeunerweisen«. Ausdruckstanz will Gefühle und Visionen tänzerisch zur Geltung bringen.

Wetter

Um einiges wärmer als gewöhnlich ist der Januar 1934. Das Thermometer zeigt Werte um 1,2 °C an. Die Temperaturen liegen damit weit über dem langjährigen Mittel von –0,4 °C.

Donnerstag 31. Januar

Gesellschaft

Vor genau 400 Jahren ist Buenos Aires als spanischer Siedlungsort gegründet worden. Grund genug für die 1930 nach einem Militärputsch wieder an die Macht gekommenen Großgrundbesitzer, in der Hauptstadt Argentiniens eine riesige Parade abzuhalten. Doch nicht alle zwei Millionen Einwohner sind mit dem Fest einverstanden. Immerhin haben die spanischen Kolonialherren und nach ihnen gerade die Großgrundbesitzer das seit 1816 unabhängige Land rücksichtslos ausgebeutet.

Gesellschaft

Französische Studenten erheben Einspruch gegen die Beschäftigung von ausländischen Akademikern. Um ihrem Protest Ausdruck zu verleihen, behindern sie den ganzen Tag sämtliche Lehrveranstaltungen. Sie befürchten, daß die Anstellung besonders von Ärzten aus dem Ausland eine Stellenverknappung für Franzosen mit sich bringt.

Stars der 30er Jahre

Louis Armstrong
Trompeter
Marlene Dietrich
Filmschauspielerin
Greta Garbo
Filmschauspielerin
Fred Astaire
Tänzer/Schauspieler
Sonja Henie
Eiskunstläuferin

Wetter

Schnee und Regen sind bei einer mittleren Temperatur von –0,4 °C in diesem Januar recht ergiebig.

Freitag 31. Januar

Kultur

An seinen 70. Geburtstag wird dem deutschen Dichter Emil Strauß eine besondere Auszeichnung zuteil. Der Schriftsteller, der 1902 mit seinem Schülerroman »Freund Hein« Aufmerksamkeit erregte, erhält heute die Goethe-Medaille für Wissenschaft und Kunst. Die silberne Medaille wird seit dem Goethe-Jahr 1932 an in- und ausländische Gelehrte und Künstler verliehen.

Politik

Die von Faschistenführer Mussolini, seit 1922 Italiens Regierungschef, veranlaßten »geistigen Sanktionen« werden heute wieder aufgehoben. Als Vergeltung für die vom Völkerbund verhängten Wirtschaftssanktionen hat Mussolini ein Aufführungsverbot für ausländische Darbietungen angeordnet. Der Völkerbund seinerseits verurteilt mit seiner Maßnahme Italiens Überfall auf Abessinien 1935. Mussolini annektiert das Land 1936.

Figurbetonte Eleganz in den 30er Jahren: Kostüm aus Wollstoff mit Lederpaspeln

Wetter

Mild ist der Januar 1936. Das Thermometer zeigt Werte um 3,3 °C.

Sonntag 31. Januar

Politik

Die scheinheiligen Worte Adolf Hitlers zeigen auch heute wieder Wirkung. Der französische Außenminister Yvon Delbos pflichtet den gestern in einer Rede abgegebenen »Friedensworten« des deutschen Reichskanzlers bei. Allerdings macht Delbos darauf aufmerksam, daß verbesserte französisch-deutsche Beziehungen nicht auf dem Rücken anderer Staaten ausgetragen werden dürfen. Aber auch, als Hitler 1938/39 die Tschechoslowakei erobert, greift Frankreich nicht ein.

Der Herr liebt es eher klassisch: Sommersakko aus hellem Fischgrät

Sport

Der deutschen Fußballelf gelingt es nicht, den Sieg über das niederländische Team davonzutragen. 62 000 Zuschauer erleben in Düsseldorf ein heiß umkämpftes Match, das letztlich mit 2:2 unentschieden bleibt.

Wetter

Dauerfrost bestimmt den Januar 1937. Die Temperatur sinkt auf durchschnittlich –3 °C, obwohl die Sonnentage überwiegen und deutlich weniger Niederschläge fallen als in den Vorjahren.

Montag 31. Januar

Politik

Bei der deutschen Reichswirtschaftskammer geht heute eine Verordnung von Hermann Göring, dem Bevollmächtigten für den Vierjahresplan, ein. Der Bestimmung zufolge soll nun ein Wehrwirtschaftsrat geschaffen werden, nachdem 1935 im Kriegsministerium bereits ein Wehrwirtschaftsstab eingerichtet worden war. Beide sollen dazu beitragen, das Reich schnell kriegsfähig zu machen.

Preise in den 30er Jahren

1 kg Butter	2,96
1 kg Mehl	0,47
1 kg Fleisch	1,60
1 l Vollmilch	0,23
1 Ei	0,10
10 kg Kartoffeln	0,90
1 kg Kaffee	5,33
Stundenlohn	0,78

in RM, Stand 1934

Gesellschaft

Die meisten deutschen Beamten vollziehen den »Heil-Hitler«-Gruß schon fast mechanisch, wie ein Geheimpapier im Innenministerium mitteilt. Vor genau drei Jahren hat Reichsinnenminister Wilhelm Frick die Grußformel, bei der der rechte Arm zu heben ist, auch außerhalb des Dienstes zur Pflichterfüllung erhoben.

Wetter

Nässe bringt der Januar 1938. Das Quecksilber steigt dabei mit einer Durchschnittstemperatur von 1,8 °C weit über das langjährige Mittel.

Dienstag 31. Januar

Gesellschaft

Inzwischen zum sechsten Mal findet ab heute der Reichsberufswettkampf im Berliner Sportpalast statt. Der zweite Leistungswettbewerb der Hitlerjugend stand 1935 unter dem Motto »Das Ideal des deutschen Volkes ist die Arbeit, sein Wille die Leistung und seine Sehnsucht der Friede«. Beim diesjährigen Treffen nehmen 3,6 Millionen junge Menschen teil, um »Führerliebe« zu lernen und ihren Körper kriegstauglich zu trimmen. Gerade bei der Jugend findet Hitler größten Anklang.

Politik

»Das unsterbliche Herz«, ein historischer Film von Veit Harlan, wird heute in Nürnberg uraufgeführt. Die Hauptrolle des Nürnberger Mechanikers Peter Henlein, der im 16. Jahrhundert die sog. Sack- oder Taschenuhr erfand, wird von Heinrich George verkörpert. Weil das Werk das Genie der »Arier« verherrlicht, wird er von den Nazis mit dem Prädikat »künstlerisch wertvoll« ausgezeichnet.

Wetter

Von seiner Sonnenseite – trotz relativ häufiger Niederschläge – zeigt sich der Januar 1939. Die Temperaturen bewegen sich um 3,0 °C und liegen damit weit über dem Standard.

1940–1949

Highlights des Jahrzehnts

1940

- Deutscher Luftkrieg gegen Großbritannien
- Beginn der Westoffensive
- Winston Churchill neuer britischer Premierminister

1941

- Schottlandflug von Rudolf Heß
- Deutscher Überfall auf die Sowjetunion
- Japan greift Pearl Harbor an – Kriegseintritt der USA
- »Citizen Kane« von Orson Welles in den Kinos

1942

- Wannsee-Konferenz beschließt Judenvernichtung
- 6. Armee in Stalingrad eingeschlossen
- Beginn alliierter Luftangriffe auf deutsche Städte
- »Casablanca« mit Ingrid Bergman und Humphrey Bogart uraufgeführt

1943

- Goebbels propagiert den »totalen Krieg«
- Ende der Widerstandsgruppe »Weiße Rose«
- Aufstand im Warschauer Ghetto scheitert

1944

- Alliierte landen in der Normandie
- Stauffenberg-Attentat auf Hitler scheitert
- Charles de Gaulle wird Staatschef Frankreichs
- US-Präsident Franklin D. Roosevelt zum dritten Mal wiedergewählt

1945

- KZ Auschwitz befreit
- Bedingungslose Kapitulation Deutschlands
- Vereinte Nationen gegründet
- Beginn der Potsdamer Konferenz
- US-Atombomben zerstören Hiroschima und Nagasaki

1946

- Gründung der SED
- Nürnberger NS-Prozesse
- US-Atombombentests im Südpazifik
- Hilfe durch Care-Pakete aus den USA
- Französischer Kolonialkrieg in Vietnam

1947

- Marshallplan-Hilfe für Europa
- Indien feiert Unabhängigkeit von Großbritannien
- GATT regelt den Welthandel
- Thor Heyerdahls »Kon-Tiki«-Expedition erfolgreich

1948

- Mahatma Gandhi ermordet
- Währungsreform in Ost und West
- UdSSR verhängt Berlin-Blockade
- Staatsgründung Israels
- Korea gespalten
- UNO-Menschenrechtsdeklaration

1949

- Gründung der NATO
- Grundgesetz für die Bundesrepublik Deutschland verkündet
- Konrad Adenauer erster Bundeskanzler
- Proklamation der Deutschen Demokratischen Republik
- Chinesische Revolution

◀ **Glenn Miller (vorne, mit Band), der ungekrönte König des Swing**

Mittwoch 31. Januar

Gesellschaft

Die erste Sozialversicherung im US-Bundesstaat Vermont wird abgeschlossen. Ida Fuller, die die Kontrollnummer 000-00-001 erhält, ist damit die erste Versicherte für eine Pension von monatlich 22,54 Dollar. In Deutschland gibt es bereits seit Ende des 19. Jahrhunderts verschiedene Sozialversicherungen. Sie entstanden auf Initiative von Reichskanzler Otto von Bismarck.

Gesellschaft

Neue Autos sind im Deutschen Reich künftig nur noch über Bezugsschein erhältlich. Damit werden die kriegsbedingten Maßnahmen weiter verschärft. Im September 1939, als Deutschland Polen angriff, und den Zweiten Weltkrieg auslöste, ist ein Kriegswirtschaftsgesetz verabschiedet worden. Seit dieser Zeit dürfen u. a. private Kraftfahrzeuge nur noch in Ausnahmesituationen benutzt werden. Die Regelung wird bis 1943 aber sehr großzügig ausgelegt – für die, die an Benzin herankommen.

Wetter

Eine einzigartige Kältewelle läßt die Temperaturen auf –40° sinken und sorgt für Dauerfrost und eisige Schneestürme. Die Durchschnittstemperatur für den Januar 1940 erreicht –9,6 °C.

Freitag 31. Januar

Politik

»Unternehmen Barbarossa« steht: Das Oberkommando des Heeres meldet Hitler, daß die Vorbereitungen für den Angriff auf die Sowjetunion abgeschlossen sind. Offiziell sind Nazideutschland und die UdSSR seit 1939 Verbündete – sie haben gemeinsam Polen angegriffen und geteilt. Nun will Hitler den »Schmusekurs« beenden, um den »Lebensraum« UdSSR zu erobern. Am 22. Juni 1941 beginnt der »Ostfeldzug«, der Hitlerdeutschland endgültig in die Niederlage treibt.

Kultur

Der Dokumentarfilm »Bali – Kleinod der Südsee« erlebt heute in Berlin seine Uraufführung. Der Film berichtet über eine Expedition zu der östlich von Java gelegenen indonesischen Insel, die Victor Baron von Plessen leitete. Die Musik zu dieser Dokumentation verfaßte Richard Strauss, der sich schon in jungen Jahren als erfolgreicher Komponist von Programmusik auswies.

Wetter

Hoffnungen auf einen milderen Winter als im Vorjahr werden im Januar 1941 enttäuscht. Die Durchschnittstemperatur liegt bei –6,3 °C. Extreme Kälte und Schnee sind die Tagesthemen.

Samstag 31. Januar

Politik

Nach der Unterzeichnung eines abessinisch-britischen Vertrags ist Abessinien, das spätere Äthiopien, nun wieder ein souveräner Staat. Der 1930 zum Kaiser gekrönte Haile Selassie I. war 1916 mit Hilfe Großbritanniens an die Macht gelangt. Als Italien 1936 Abessinien annektierte, mußte er fliehen, konnte 1941 aber wiederum mit Hilfe der Briten in die Hauptstadt Addis Abeba zurückkehren. Ab 1945 treibt Haile Selassie, der von französischen Jesuiten ausgebildet wurde und bereits 1924 die Sklaverei verboten hat, Reformen in der Verwaltung, im Bildungswesen und in der Justiz voran. In den 60er Jahren ist seine Regentschaft allerdings zunehmend autokratisch geprägt. Als er sich einer Modernisierung seines Landes verschließt und obendrein eine Hungerkatastrophe ausbricht, wird er 1974 vom Militär entmachtet.

Das Extravagante an diesem Sommerkleid: der mit Tapeziernägeln besetzte Gürtel

Wetter

Wieder rutschen die Temperaturen wie in den beiden Vorjahren weit unter den langjährigen Mittelwert von –0,4 °C. Mit –3,2 °C bleibt die Kälte allerdings einigermaßen erträglich.

Sonntag 31. Januar

Politik

Das Modemagazin »Esquire« stellt diese Abendmode für den Herrn vor

In Stalingrad kapituliert die Südgruppe der eingeschlossenen deutschen 6. Armee. Zwei Tage später ergeben sich auch im Norden die letzten deutschen Soldaten. Die »Schlacht um Stalingrad«, bei der das deutsche Heer 250 000 Soldaten verliert, avanciert in der Nachkriegszeit zum Symbol für die Kriegswende. Von nun an heißt es für die Wehrmacht »zurück«; die Initiative liegt bei den Alliierten, die Nazideutschland Zug um Zug besiegen.

Kultur

Das Wiener Konzertpublikum wird heute Zeuge einer Uraufführung von Richard Strauss. Unter der musikalischen Leitung von Clemens Krauss wird die »Couperin-Suite« für kleines Orchester zu Gehör gebracht, die Strauss auf Grundlage einer 1923 entstandenen Komposition 1940/41 neu faßte.

Wetter

Die Kältewelle scheint überstanden. Erstmals seit drei Jahren bietet der Januar wieder höhere Temperaturen. Der Durchschnittswert liegt bei 0,6 °C.

Montag 31. Januar

Politik

Das »Inselspringen« der Amerikaner in Richtung Japan geht voran. Im Pazifik landen US-Truppen auf den Marshallinseln und erobern sie innerhalb von 72 Stunden. Japans Angriff auf die USA 1941 hat Amerika in den Zweiten Weltkrieg geführt. Zunächst mußten die USA zahlreiche Niederlagen gegen Japan hinnehmen. Mittlerweile erobern sie aber Insel um Insel im Vorfeld Japans und nähern sich durch dieses Inselspringen dem Heimatland des Kriegsfeindes.

Kultur

Die Uraufführung einer Liebeskomödie lockt in Berlin viele Menschen an, die wieder einmal richtig lachen und sich nicht nur Propagandafilme anschauen wollen. Die Regie des Streifens »In flagranti« liegt bei Hans Schweikart, der 1947 Intendant der Münchener Kammerspiele wird.

Wetter

Ungewöhnlich mild, aber auch besonders feucht ist der Januar in diesem Jahr. Die mittlere Temperatur liegt bei 4,0 °C. Es fallen 71 mm Niederschläge, 28 mm mehr als im langjährigen Durchschnitt. Dementsprechend selten hat die Sonne eine Chance. Sie scheint nur 24 Stunden lang.

1945

Mittwoch 31. Januar

Gesellschaft

In vielen Teilen der Erde ist wenige Monate vor dem Ende des Zweiten Weltkriegs weiterhin das große Sparen angesagt. In Washington appelliert die US-Regierung an die Bevölkerung, sie solle versuchen, jährlich mindestens 25 Mio. t Kohle einzusparen. Dies sei notwendig, weil einerseits der Bedarf an Brennstoffen für die Rüstungsindustrie ständig in die Höhe gehe, andererseits die Vorräte jedoch unter der »Sicherheitsgrenze« lägen.

Gesellschaft

Handelseinig werden sich die Sowjetunion und Finnland. Sie vereinbaren, daß die UdSSR Getreide-, Zucker- und Teigwaren liefert und Finnland Metalle und Erze exportiert. Finnland, das an der Seite Hitlers von 1941 bis 1944 Krieg gegen die UdSSR geführt hat, ist in allem bemüht, die sowjetischen Verhandlungspositionen zu akzeptieren.

Preise in den 40er Jahren

1 kg Butter	3,50
1 kg Mehl	0,45
1 kg Fleisch	1,60
1 l Vollmilch	0,26
1 Ei	0,12
10 kg Kartoffeln	1,00
1 kg Zucker	0,76
Stundenlohn	0,81

in RM, Stand 1943

Wetter

Tiefer Winter herrscht im Januar 1945 bei durchschnittlich –2,9 °C. Schneefälle und Dauerfrost begleiten das recht kalte Wetter.

Donnerstag 31. Januar

Gesellschaft

Wieder aufwärts geht es mit der Förderung von Steinkohle in Deutschland. Nachdem im Mai 1945 ein Tiefstand von 930 000 t erreicht wurde, sind es im Januar nun wieder 5 570 000 t. Seit Ende des vergangenen Jahres werden in den drei westlichen Besatzungszonen pro Monat ca. 4,3 Mio. t Kohle gefördert. Damit sind etwa 35% des Standes von 1938 erreicht.

Stars der 40er Jahre

Humphrey Bogart
Filmschauspieler
John Wayne
Filmschauspieler
Katharine Hepburn
Filmschauspielerin
Hans Albers
Filmschauspieler
Joe Louis
Boxer

Politik

Eine sozialistische Verfassung erhält die von Josip Tito im November des Vorjahres ausgerufene Föderative Volksrepublik Jugoslawien. Danach werden zahlreiche Betriebe verstaatlicht, u. a. die Schlüsselindustrien. Gleichzeitig wird die allgemeine Wehrpflicht eingeführt und die Trennung von Kirche und Staat festgelegt. Titos Sozialismus ist relativ eigenständig von Moskau. 1948 bricht er mit Stalin.

Wetter

Das Thermometer zeigt im Januar 1946 Werte um den Gefrierpunkt bei geringen Niederschlägen.

Freitag 31. Januar

Politik

Kriegsverbrecher im Vatikan vermutet die jugoslawische Regierung. Der Kirchenstaat halte Deutsche versteckt, die nach Südamerika flüchten wollen. Die Beschuldigungen können aber nicht bewiesen werden. Papst Pius XII. hat in der sozialistischen Welt bereits vor dem Zweiten Weltkrieg jeden Respekt verloren, als er den Nationalsozialismus im Vergleich zum Kommunismus als weniger gefährlich einstufte.

Politik

Die freie Meinungsäußerung in gedruckter Form hat wieder Chancen. Seit Kriegsende sind in der amerikanischen Besatzungszone 8150 Bücher und 245 Zeitschriften verlegt worden. Allerdings unterstehen alle der Zensur durch die Siegermacht. Die vier Besatzungsmächte kontrollieren bis 1949 Publikationen aus Angst, daß Nazipropaganda Verbreitung findet und die wankelmütigen Deutschen wieder Probleme machen.

Wetter

Wer aufgrund der maßvollen Dezembertemperaturen einen milden Winter erwartet hatte, wird im Januar 1947 herb enttäuscht. Die Durchschnittstemperatur liegt bei –3,3 °C.

Samstag 31. Januar

Gesellschaft

Im Alliierten Kontrollrat unterbreitet Marschall Wassili D. Sokolowski einen Vorschlag der UdSSR über eine für ganz Deutschland gültige Währungsreform. Die Westalliierten glauben jedoch nicht an eine Einigung mit der sowjetischen Militäradministration und starten im Juni im Alleingang eine Umtauschaktion. Die berühmte Währungsreform, bei der jeder zunächst 40 DM in bar erhält, wird zum symbolischen Zeitpunkt des »Neubeginns« in Westdeutschland.

Politik

Die überwiegend deutschsprachigen Südtiroler und Trienter erhalten von der italienischen Regierung ein Autonomiestatut. Die Verhandlungen zwischen der österreichischen und der italienischen Regierung haben sich nun fast zwei Jahre hingezogen. Bereits 1946 hatte Italien eine kulturelle und administrative Autonomie zugesichert. Eine endgültige Einigung kommt erst 1972 zustande.

Wetter

Von seiner milderen Seite zeigt sich der Januar in diesem Jahr. Die Temperaturen, die bei durchschnittlich 2,7 °C liegen, lassen hier und da bereits Frühlingsahnungen aufkommen.

Montag 31. Januar

Gesellschaft

Auch in der britischen Besatzungzone ist nun endgültig Schluß mit der Möglichkeit einer Ferntrauung. Während des Zweiten Weltkriegs war diese Form der Eheschließung zulässig, damit den Frauen auch in Abwesenheit ihres Mannes eine legale Heirat ermöglicht werden konnte. Sie wurde bis jetzt aufrechterhalten, da Millionen Männer in Kriegsgefangenschaft waren. Außerdem konnten Verlobte eine Heirat mit ihren gefallenen Geliebten in Kraft setzen.

Rekorde in den 40er Jahren

5000 m: G. Hägg (SWE) – 13:58,2 min (1942)
Hochsprung: Fanny Blankers-Koen (HOL) – 1,71 m (1943)
Marathon: Suh Yun Bok (KOR) – 2:25:39 h (1947)
Speerwerfen: Natalia Smirnizkaja (URS) – 53,41 m (1949)

Politik

Die Souveränität von Israel wie von Transjordanien wird von den USA anerkannt. Der Staat Israel wurde 1948 ausgerufen. Transjordanien, das ab 1950 Jordanien heißt, ist seit 1946 souverän. Beide Staaten liegen seit der Gründung Israels im Krieg miteinander.

Wetter

Mit durchschnittlich 1,6 °C zeigt sich der Januar 1949 zwar nicht so mild wie 1948, im langjährigen Vergleich (–0,4 °C) schneidet er aber gut ab.

1950-1959

Highlights des Jahrzehnts

1950

- Ausbruch des Koreakrieges
- Abschaffung der Lebensmittelmarken in Deutschland

1951

- Debatte um die Wiederaufrüstung Deutschlands
- Skandal um Hildegard Knef als »Sünderin«
- Erster Schritt zur europäischen Einigung: Montanunion perfekt
- Der persische Schah Mohammed Resa Pahlewi heiratet Soraya

1952

- Helgoland wieder unter deutscher Verwaltung
- Staatsstreich in Ägypten
- DDR riegelt Grenze ab
- Dwight D. Eisenhower wird zum 34. US-Präsidenten gewählt
- USA zünden Wasserstoffbombe
- In Deutschland bricht das Fernsehzeitalter an

1953

- Tod des sowjetischen Diktators Josef Stalin
- Volksaufstand in der DDR
- Elisabeth II. zur Königin von Großbritannien und Nordirland gekrönt
- Mount Everest: Höchster Berg der Welt bezwungen

1954

- Französische Niederlage in Vietnam
- Deutschland wird in Bern Fußballweltmeister
- Beginn des Algerienkrieges
- Mit »That's alright Mama« beginnt der Aufstieg von Elvis Presley

1955

- Die Bundesrepublik wird ein souveräner Staat
- Gründung des Warschauer Paktes
- Tragischer Tod von James Dean
- Erste »documenta«

1956

- Traumhochzeit von Grace Kelly und Rainier III. von Monaco
- Volksaufstand in Ungarn
- Suezkrise führt zu Nahostkrieg
- Musical »My Fair Lady« beginnt seinen Siegeszug um die Welt

1957

- Gründung der EWG
- »Sputnik-Schock« bildet Auftakt zu Wettlauf im All
- Heinz Rühmann als »Hauptmann von Köpenick« gefeiert
- Erste Massenimpfung gegen Kinderlähmung

1958

- De Gaulle und Adenauer begründen deutsch-französische Freundschaft
- Rock 'n' Roll-Fieber grassiert weltweit
- Pelé – Star der Fußballweltmeisterschaft in Schweden
- Atomium ist Wahrzeichen der Weltausstellung in Brüssel

1959

- Fidel Castro übernimmt die Macht in Kuba
- Hula-Hoop-Welle schwappt aus den USA nach Europa
- Premiere des Marilyn-Monroe-Films »Manche mögen's heiß«
- Erste Bilder von der Rückseite des Mondes

◄ **Mit 23 schon ein Hollywood-Superstar: Audrey Hepburn mit »Oscar« (1953)**

Dienstag 31. Januar

Gesellschaft

Das Muttergenesungswerk wird heute von Elly Heuss-Knapp als überkonfessionelle und überregionale Organisation gegründet. Dabei gelang es der Frau von Bundespräsident Heuss im Vorfeld, die verschiedenen Frauenverbände zusammenzubringen. Die Institution soll seelisch und körperlich geschwächten Müttern und Hausfrauen einen Kuraufenthalt ermöglichen. Dabei ist viel Überzeugungsarbeit zu leisten, denn landläufig besteht noch immer die Vorstellung, daß eine gute Mutter ihre Kinder nicht allein läßt.

Gesellschaft

20 000 Sudetendeutschen wird durch ein deutsch-tschechoslowakisches Abkommen die Übersiedlung aus der ČSSR in den Westen erlaubt. Hitler hat die relativ stark von Deutschen besiedelten »Sudetengebiete« der Tschechoslowakei 1938 besetzt. Wegen der brutalen Naziherrschaft über die Tschechoslowakei sind Millionen Deutsche nach 1945 bereits vertrieben worden.

Wetter

Extrem mildes Wetter hatte den Jahreswechsel eingeläutet. Doch im Januar kühlt es sich dann doch noch kräftig ab auf durchschnittlich –1,4 °C.

Mittwoch 31. Januar

Politik

Die USA haben ihre Entscheidungen über die Gnadengesuche von deutschen Kriegsverbrechern getroffen. Nachdem die Amerikaner zunächst alle Gesuche abgelehnt haben, sind bereits 1950 acht der in Landsberg Inhaftierten wegen guter Führung begnadigt worden. Nach Friedrich Flick darf nun im Februar auch Alfried Krupp von Bohlen und Halbach das Gefängnis verlassen. Nach Kriegsende hat ein internationales Militärtribunal in Nürnberg die deutschen Kriegsverbrecher in Staat, Verwaltung, Wissenschaft und Wirtschaft ausfindig gemacht und verurteilt.

Technik

Der Umbau seines Mustang-Jägers hat sich vollauf gelohnt. Captain Charles Blair gelingt in seinem modernisierten Flugzeug ein Geschwindigkeitsrekord. Für den Nonstop-Flug von Amerika nach Großbritannien benötigt er nur 7 Stunden und 48 Minuten; normal sind 10 Stunden.

Wetter

Obwohl die Sonne seltener scheint als in den Vorjahren, steigen die Temperaturen auf durchschnittlich 0,9 °C. Damit ist das Wetter im Januar 1951 vergleichsweise mild.

Donnerstag 31. Januar

Politik

Zu einem Staatsbesuch in Afrika macht sich Prinzessin Elizabeth heute von London aus auf den Weg. Allmählich löst sie sich mit den Staatsgeschäften vertraut machen müssen, denn noch in diesem Jahr löst sie ihren Vater Georg VI. auf dem Thron ab. Im nächsten Jahr folgt dann die offizielle Krönung zur Königin Elizabeth II. Mit ihrem Ehemann Philip Mountbatten hat sie bereits zwei Kinder, Prinz Charles (*1948) und Prinzessin Anne (*1950).

Gesellschaft

Eine gerechtere Verteilung der Flüchtlinge aus dem Osten wird in der Bundesrepublik angestrebt. Heute legt Bundesflüchtlingsminister Hans Lukaschek gemeinsam mit seinen Kollegen in den einzelnen Bundesländern die Voraussetzungen fest, nach denen 291 000 Flüchtlinge von Schleswig-Holstein, Niedersachsen und Bayern in weniger stark belegte Länder umgesiedelt werden sollen.

Wetter

Gegen die anhaltenden Niederschläge hat die Sonne im Januar kaum eine Chance. Sie kommt nur für 35 Stunden zum Vorschein, dafür sind die Temperaturen (um 1,0 °C) aber erträglich .

Samstag 31. Januar

Gesellschaft

Die britische Presse kann die Entscheidung des Unterhauses heute nur noch kritisch kommentieren, zu ändern ist sie vorläufig nicht. Theaterintendanten und Manager von verschiedenen Veranstaltungen hatten die Auflösung der Sonntagsruhe gefordert. Die Abgeordneten lehnten es gestern jedoch ab, die bestehenden Gesetze zu ändern. Deshalb ist es in Großbritannien an Sonntagen nach wie vor untersagt, z. B. sportliche Wettkämpfe zu veranstalten.

Gesellschaft

Eine Konferenz der Verkehrsminister von acht westeuropäischen Staaten geht in Paris zu Ende. Als Ergebnis halten die Teilnehmer fest, daß das Netz der europäischen Schnellstraßen forciert ausgebaut werden soll. Im Oktober hat Deutschland seinerseits bereits den Ausbau von 48 000 km Durchgangsstraßen innerhalb von 15 Jahren festgelegt.

Preise in den 50er Jahren

1 kg Butter	6,75
1 kg Mehl	0,76
1 kg Fleisch	5,01
1 l Vollmilch	0,40
1 Ei	0,23
10 kg Kartoffeln	2,14
1 kg Kaffee	21,40
Stundenlohn	1,96

in DM, Stand 1955

Wetter

Niederschläge und Temperaturen um 0,5 °C bestimmen das Wetter im Januar 1953. Der langjährige Mittelwert liegt bei -0,4 °C.

Sonntag 31. Januar

Gesellschaft

Unter Kontrolle und Zensur haben die Menschen in Deutschland während der Nazijahre genug gelitten. Nun denkt Bundesfamilienminister Franz-Josef Wuermeling darüber nach, eine »echte Volkszensur« zu schaffen, um »destruktive Tendenzen« in den deutschen Filmproduktionen zu verhindern. Kaum verwunderlich, daß er mit seinem Vorschlag nicht auf Gegenliebe stößt. Kein Aprilscherz ist es also, als Bundesinnenminister Gerhard Schröder am 1. April die Einführung einer »Volkszensur« ablehnt. Laut Grundgesetz Art. 5 Abs. 1 ist die Zensur in Deutschland verboten. Mit Befremden reagieren zahlreiche Bürger auch, als Wuermeling 1961, diesmal im Verbund mit Schröder, anordnet, daß die mensurschlagenden Korporationen des Convents Deutscher Korporationsverbände künftig finanziell unterstützt werden sollen – mit Mitteln aus dem Bundesjugendplan.

Stets korrekt und im Zweifelsfall eher weit geschnitten: Herrenmode in den 50ern

Wetter

Eisigkalt präsentiert sich der Januar in diesem Jahr mit Temperaturen um –3,4 °C.

Montag 31. Januar

Politik

100 000 Volkspolizisten gibt es inzwischen in der DDR, so das Bundesministerium für gesamtdeutsche Fragen. Für die DDR-Regierung war die Verstärkung schwierig, denn in den letzten fünf Jahren sind 13 980 Volkspolizisten in den Westen geflüchtet. Die Kasernierte Volkspolizei ist nichts anderes als eine durch den Namen »Polizei« getarnte Armee. 1955/56 entstehen in BRD und DDR zwei »offizielle« Armeen.

Für eine gute Figur auf der Tanzfläche: Kleid aus Chiné-Taft

Politik

Die SEATO ist in den USA beschlossene Sache. Der der NATO vergleichbare Verteidigungspakt in Südostasien soll eine »kommunistische Expansion« in der Region verhindern. Außer den Kolonialmächten Frankreich, Großbritannien und USA gehören Thailand, Neuseeland, Australien, Pakistan und die Philippinen zur SEATO.

Wetter

Überwiegend im Plusbereich hält sich der Januar 1955 auf. Die Durchschnittstemperatur von 1,8 °C liegt weit über dem langjährigen Mittel.

Dienstag 31. Januar

Gesellschaft

Als Anfang der 50er Jahre der brasilianische Ex-Diktator Getúlio D. Vargas erneut an die Macht kam, wurde das Land von Korruptionen überzogen. Nun scheinen bessere Zeiten anzubrechen. Juscelino Kubitschek de Oliveira, im Oktober zum neuen Staatspräsidenten gewählt, kündigt zum Regierungsantritt in Rio de Janeiro an, die Zensur für Presse, Rundfunk und Fernsehen aufzuheben. Im Februar folgt die Aufhebung des seit drei Monaten bestehenden Ausnahmezustands. Dieser war im Zuge der Präsidentschaftswahlen erlassen worden, um politische Krawalle zu verhindern.

Gesellschaft

Des Mensaessens ziemlich überdrüssig sind in Hamburg die meisten Studenten. Heute fassen sie den Beschluß, ab Donnerstag für zwei Tage die Mensa zu bestreiken. Nicht nur die schlechte Qualität des Essens wird bemängelt. Auch die Anhebung des Preises von 75 Pf auf 1 DM ist den Hochschülern ein Dorn im Auge.

Wetter

Mäßig kühl ist der Januar in diesem Jahr. Die Temperaturen erreichen einen Durchschnittswert von 0,3 °C bei zahlreichen heiteren Tagen.

Donnerstag 31. Januar

Gesellschaft

Bereits vor drei Jahren hat die Bundesregierung beschlossen, 720 000 neue Arbeitsplätze zu schaffen. Dies scheint um so dringlicher, als einer Statistik zufolge die Zahl der Arbeitslosen im Januar auf 1,5 Millionen (1,1 Millionen Männer, 400 000 Frauen) gestiegen ist. Der Vergleich mit dem Vorjahr zeigt eine Zunahme von 223 700 Arbeitslosen. Zehn Jahre später herrscht in Westdeutschland Vollbeschäftigung.

Kultur

Eine Filmpremiere gibt es heute in Hannover. Hier wird »Rose Bernd« von Wolfgang Staudte uraufgeführt. Das gleichnamige Drama von Gerhart Hauptmann lieferte die Textvorlage zu dem Film, in dem Maria Schell die Titelrolle übernommen hat. Die Schweizer Schauspielerin gehört zu den beliebtesten Stars des deutschen Kinos. So erhielt sie neben dem Darstellerpreis von Cannes (1954) auch schon einige »Bambis«.

Wetter

Keine Besonderheiten hat der Januar 1957 zu bieten. Die Durchschnittstemperatur liegt bei –0,6 °C, nur 0,2 °C unter dem langjährigen Mittelwert. Es ist relativ trocken.

Freitag 31. Januar

Technik

Ein großer Tag für die US-Raumfahrt. Angespornt von den Sowjets, die im Oktober 1957 bereits ihren »Sputnik 1« ins All schossen, bringen die USA heute erstmals einen Erdsatelliten in den Orbit. Der von Cape Canaveral aus gestartete »Explorer 1« umrundet in 1 Stunde und 53 Minuten die Erde.

Rekorde in den 50er Jahren

Kugelstoßen: Jim Fuchs (USA) – 17,95 m (1950)
10 000 m: Emil Zátopek (TCH) – 28:54,6 min (1954)
800 m: R. Moens (BEL) – 1:45,7 min (1955)
Eisschnellauf: Eugen Grischin (URS) – 1000 m in 1:22,8 min (1955)

Politik

Algerien wird vorerst weiter zu Frankreich gehören. Seit 1954 die Untergrundbewegungen in Algerien mit dem bewaffneten Kampf begonnen haben, sucht die französische Regierung nach Kompromissen. So verabschiedet die Nationalversammlung in Paris heute das Wahlgesetz für die nordafrikanische Kolonie, um Ruhe zu stiften. Die tritt aber erst 1962 ein, als Algerien die völlige Unabhängigkeit erhält.

Wetter

Einen ganz gewöhnlichen Januar bringt das Jahr 1958. Die Temperatur entspricht mit einem Durchschnittswert von –0,4 °C dem langjährigen Mittel.

Samstag 31. Januar

Gesellschaft

Die radioaktive Konzentration im Regenwasser verstößt gegen die von der Europäischen Atomgemeinschaft erlassene Norm. Zu diesem Schluß kommt das Bundesatomministerium. Messungen im Januar haben ergeben, daß die Konzentration 60mal höher ist als erlaubt. Eine im vergangenen Jahr von einem Sonderausschuß aufgestellte These besagt, daß die beständige Zunahme an Radioaktivität an den oberirdischen Atomwaffenversuchen der Supermächte liegt.

Politik

Fest im Sattel sitzt der sowjetische Ministerpräsident Nikita Chruschtschow. Auf dem Parteitag der KPdSU wird sein Siebenjahresplan nahezu einstimmig abgesegnet. Die Machtkämpfe im Kreml nach Stalins Tod 1953 sind nun ausgestanden. Wegen seiner Reformen gilt Chruschtschow als Vorgänger Gorbatschows.

Stars der 50er Jahre

Marilyn Monroe
Filmschauspielerin
James Dean
Filmschauspieler
Elvis Presley
Sänger
Sophia Loren
Filmschauspielerin
Brigitte Bardot
Filmschauspielerin

Wetter

Nicht zu kühl und trocken ist der Januar diesmal. Es werden nur 27 mm Niederschläge gemessen.

1960–1969

Highlights des Jahrzehnts

1960

- Gründung der EFTA
- Frankreich wird 4. Atommacht
- John F. Kennedy wird 35. Präsident der USA
- Hochzeit des Jahres: Fabiola und König Baudouin von Belgien

1961

- Erster Mensch im Weltraum: der Russe Juri Gagarin
- Bau der Mauer in Berlin
- Gründung von Amnesty International

1962

- Flutkatastrophe an der Nordseeküste und in Hamburg
- Kuba-Krise: USA erzwingen Abbau sowjetischer Raketenbasen
- »Spiegel«-Affäre löst Regierungskrise aus
- Start der erfolgreichsten Serie der Kinogeschichte: James Bond

1963

- Deutsch-Französischer Freundschaftsvertrag
- US-Präsident Kennedy wird in Dallas erschossen
- Marika Kilius und Hans-Jürgen Bäumler werden Weltmeister im Eiskunstlaufen

1964

- Die USA greifen in den Vietnamkrieg ein
- Revolution in der Damenmode: der Minirock
- Der 22jährige Cassius Clay wird jüngster Boxweltmeister
- UdSSR: Breschnew neuer KP-Chef
- Erfolgreichste Pop-Gruppe der 60er: die Beatles
- Den Rolling Stones gelingt der internationale Durchbruch

1965

- Im Alter von 90 Jahren stirbt in London Winston Churchill
- Erste Fotos vom menschlichen Embryo im Mutterleib
- Ziehung der Lottozahlen erstmals im Fernsehen

1966

- Große Koalition aus CDU/CSU und SPD gebildet
- APO beginnt sich zu formieren

1967

- Sechs-Tage-Krieg in Nahost
- Erste Herztransplantation
- Bürgerkrieg in Biafra
- Kult-Musical »Hair« wird uraufgeführt

1968

- Ermordung des schwarzen Bürgerrechtlers Martin Luther King und des US-Präsidentschaftskandidaten Robert Kennedy
- »Prager Frühling« durch Einmarsch von Warschauer-Pakt-Truppen beendet
- Aufklärungswelle erreicht den Schulunterricht

1969

- Willy Brandt wird Kanzler einer sozialliberalen Koalition
- Der erste Mensch betritt den Mond
- »Sesamstraße« begeistert Millionen von Kindern
- Rockfestival in Woodstock

◀ **US-Astronauten im Gruppenbild: Die 60er sind das Jahrzehnt der Raumfahrt**

Sonntag 31. Januar

Gesellschaft

Immer mehr Menschen in der Bundesrepublik steigen aus gesundheitlichen Gründen auf Filterzigaretten um. Wie der Verband der Zigarettenindustrie heute mitteilt, entfallen 65% des Absatzes auf Zigaretten mit Mundstück, das bis zu 40% der schädigenden Rauchpartikel zurückhält. Insgesamt steigt der Konsum an Rauchwaren weiter an. 1959 erreichte der Absatz einen ersten Höchststand seit Kriegsende. Innerhalb von sechs Jahren nimmt der Verbrauch um 55% zu.

Sport

Bis zum Weltmeistertitel wird es der 24jährige Georg Thoma noch schaffen. Der im Schwarzwald geborene Sportler, von Beruf Postbote, gewinnt heute zum dritten Mal in Folge die Deutschen Meisterschaften in der Nordischen Kombination, die aus Ski-Langlauf und Springen besteht. 1960 holt er sich den Sieg bei den Olympischen Spielen. 1966 wird er Weltmeister in der Nordischen Kombination.

Wetter

Vergleichsweise mild wie schon im Vorjahr präsentiert sich der Januar 1960. Bei 0,5 °C Durchschnittstemperatur bleibt es mit 37 mm trockener als im langjährigen Mittel (43 mm).

Dienstag 31. Januar

Gesellschaft

Nun werden Antibabypillen auch in Großbritannien verkauft. Allerdings nur auf Rezept. In den Vereinigten Staaten sind seit Sommer des vergangenen Jahres Tabletten zur oralen Empfängnisverhütung für Frauen erhältlich. Die katholische Kirche verurteilt diese Möglichkeit der Geburtenregelung. In seiner Enzyklika »Humanae vitae« von 1968 konstatiert Papst Paul VI. schließlich, daß jede unnatürliche Geburtenverhinderung durch mechanische oder chemische Empfängnisverhütungsmittel verwerflich sei.

Technik

Die NASA startet innerhalb ihres Raumfahrtprogramms Mercury die zweite Raumkapsel. An Bord von »Mercury 2« befindet sich ein Schimpanse. Erst im nächsten Jahr wird es auch eine menschliche US-Besatzung geben. Wieder sind hier die Sowjets schneller, die am 12. April mit Juri Gagarin den ersten Menschen ins All schießen.

Wetter

Frostig und sonnig verläuft der Januar 1961 – mit einer Durchschnittstemperatur von –0,6 °C und 56 Sonnenstunden. Die 51 mm Niederschlag fallen überwiegend als Schnee.

Mittwoch 31. Januar

Politik

Kuba soll wegen seiner prokommunistischen Politik nicht in der Organisation Amerikanischer Staaten (OAS) mitwirken dürfen. Dies beschließen heute die Außenminister der OAS in Punta del Este. Der 1948 gegründete Sicherheitspakt, dem fast alle amerikanischen Staaten angehören, hält den Kommunismus für unvereinbar mit seinen Zielen, die neben der Friedenssicherung in der Förderung wirtschaftlicher Zusammenarbeit liegen. Seit 1959 herrscht Fidel Castro in Kuba.

»Mini« heißt das Schlagwort der 60er – hier in Form eines Strickkleides

Politik

In Westberlin wird heute ein hochrangiger Politiker erwartet. Zusammen mit seiner Frau Wilhelmine, die ihn soeben auf einer Reise durch Afrika begleitete, stattet Bundespräsident Heinrich Lübke der Stadt einen zwölftägigen Besuch ab. Westberlin gehört offiziell nicht zur BRD.

Wetter

Der Januar hat mehr Niederschläge (60 mm) und höhere Temperaturen (0,6 °C) als üblich.

Donnerstag 31. Januar

Gesellschaft

Der Abschlußbericht über die »Spiegel«-Affäre wird veröffentlicht. Aufgrund eines Artikels über eine NATO-Übung, der für die Justiz den Tatbestand des Landesverrats erfüllte, wurden im Oktober 1962 auf Veranlassung von Verteidigungsminister Franz Josef Strauß der »Spiegel«-Herausgeber Angstein verhaftet. Die Aktion, die stark umstritten ist, hat schon innenpolitische Konsequenzen nach sich gezogen, so den kurzzeitigen Bruch der CDU/FDP-Koalition.

Politik

Dänemark und Großbritannien wollen ihre Zusammenarbeit intensivieren, nachdem vor zwei Tagen der Beitritt Großbritanniens zur EWG scheiterte. Sowohl Dänemark wie Großbritannien gehören der kleinen Freihandelszone EFTA an, die sich 1960 gebildet hat. Beide Länder treten 1973 der EWG bei.

Kurzer Mantel mit Schlaghose: Auch in die Männermode kommt Bewegung

Wetter

Mit Extremwerten wartet der Januar 1963 auf. Die frostigen Temperaturen schwanken um –7,6 °C.

Freitag 31. Januar

Gesellschaft

Der Streit um Hackethal beginnt: Das Münchner Kultusministerium wird sich ab heute mit einem Antrag von Ärzten der Chirurgischen Universitätsklinik Erlangen beschäftigen müssen, die fordern, daß Professor Julius Hackethal sofort aus dem Dienst entlassen wird. Hackethal, der seit 1956 Oberarzt der Klinik ist, engagiert sich als Gutachter in Kunstfehlerprozessen zugunsten der Patienten. Außerdem kritisiert er u. a. den Standesethos der Ärzteschaft und das schlechte Niveau des Gesundheitswesens. Die von ihm entwickelten Thesen zur Krebsbekämpfung sorgen zusätzlich über Jahrzehnte für Streit.

Politik

Auf einer Pressekonferenz betont der französische Staatspräsident Charles de Gaulle, daß die gute deutsch-französische Zusammenarbeit die Vollendung Europas vorantreibt. Die von de Gaulle und Bundeskanzler Adenauer 1958 begonnene Aussöhnung ist eine der wichtigsten Leistungen der Nachkriegsgeschichte Europas.

Wetter

Ideale Skibedingungen sichert der Januar 1964 mit mildem Frost von –2,1 °C.

Sonntag 31. Januar

Gesellschaft

Zum »Jahr der Menschenrechte« erklärt der Bund der Heimatvertriebenen und Entrechteten (BHE) das Jahr 1965. Anläßlich des 20. Jahrestages der Vertreibung aus den früheren deutschen Ostgebieten findet eine Kundgebung in Lübeck statt, bei der Vizekanzler Erich Mende die Proklamation gutheißt und versichert, daß die Regierung dies als Zeichen der Versöhnung ansehen werde. Die Vertriebenenverbände halten an den Ansprüchen auf die »deutschen Ostgebiete« fest.

Politik

Ein weiteres Kapitel im Bürgerkrieg in Laos wird geschrieben, als es heute in der Hauptstadt Vientiane zu einem Putsch antikommunistischer Armee- und Polizeieinheiten kommt. Da der Putsch mißlingt, behält die kommunistische Pathet-Lao-Bewegung die Oberhand. Der Bürgerkrieg hat 1945 angefangen.

Rekorde in den 60er Jahren

Stabhochsprung: Brian Sternberg (USA) – 5,00 m (1963)
Hochsprung: V. Brumel (URS) – 2,28 m (1963)
Weitsprung: Bob Beamon (USA) – 8,90 m (1968)
100 m: Jim Hines (USA) – 9,9 sec (1968)

Wetter

Zu warm, wenn es nach den Standardwerten geht, ist der Januar 1965. 2,1 Grad liegt die Durchschnittstemperatur über dem langjährigen Mittel.

Montag 31. Januar

Technik

Nach einer Flugdauer von 79 Stunden setzt die heute von sowjetischem Boden aus gestartete Mondsonde »Lunik 9« erstmals weich auf dem Mond auf. Die Sonde, die ohne Besatzung ins All geschossen wurde, liefert drei Tage lang Bilder zur Erde. »Lunik 3« hatte bereits erste Fotos von der Mondrückseite gesendet.

Preise in den 60er Jahren

1 kg Butter	7,58
1 kg Mehl	1,06
1 kg Fleisch	7,91
1 l Vollmilch	0,50
1 Ei	0,21
10 kg Kartoffeln	2,88
1 kg Kaffee	16,61
Stundenlohn	4,15

in DM, Stand 1964

Politik

Nach einer Pause von 37 Tagen befiehlt US-Präsident Lyndon B. Johnson die Wiederaufnahme der Luftangriffe auf Nordvietnam. Zuvor scheiterte eine diplomatische Großoffensive, mit der Johnson den Frieden herbeiführen wollte. 1964 traten die USA offiziell in den Vietnamkrieg ein, nachdem nordvietnamesische Patrouillenboote angeblich US-Kriegsschiffe angegriffen hatten. Zur Zeit stehen 181 000 US-Soldaten in Vietnam.

Wetter

Kräftige Minustemperaturen um –2,9 °C bringt der Januar in diesem Jahr.

Dienstag 31. Januar

Gesellschaft

Am Airbus-Projekt, das die gemeinsame Produktion eines Mittelstrecken-Großflugzeugs vorsieht, beteiligt sich die Bundesrepublik mit 25%. Frankreich und Großbritannien übernehmen jeweils 37,5%. Der Airbus soll etwa 250 Passagiere aufnehmen können. Als Großbritannien später aussteigt, führen BRD und Frankreich ab Mai 1969 das Airbus-Projekt A-300 allein weiter. 1972 absolviert die Maschine, die den amerikanischen Boeings Konkurrenz machen soll, ihren Jungfernflug.

Gesellschaft

Zu viele Deutsche haben schon ein Auto, denn der Verkauf geht dramatisch zurück. Die Kraftfahrzeugzulassungsstelle in Flensburg gibt an, daß 85 478 Autos im Januar angemeldet worden sind. Das sind 21,9% weniger als im gleichen Zeitraum des Vorjahres. Schon 10,2 Millionen PKW rauschen über bundesdeutsche Straßen. Die Industrie erfindet den Trend zum Zweitwagen.

Wetter

Wärmer und niederschlagsreicher als zu erwarten ist der Januar 1967. Die Durchschnittstemperatur liegt mit 0,6 °C um ein Grad, der Niederschlag mit 55 mm um 25 % über dem langjährigen Mittelwert.

Mittwoch 31. Januar

Politik

Die Koralleninsel Nauru, 300 km nördlich von Australien gelegen, wird unabhängig, und der 31. Januar wird zum Staatsfeiertag ausgerufen. Der seit 1919 als Völkerbundsmandat von Großbritannien, Neuseeland und Australien verwaltete Inselstaat wurde 1947 UN-Treuhandgebiet. Da Australien die Phosphatvorkommen des winzigen Landes rigoros ausbeutete und eine Mondlandschaft zurückließ, muß es 1993 eine Entschädigung von 80 Mio. Dollar zahlen.

Letztes Glied in der Hierarchie wollen Berliner Studenten nicht mehr sein. Sie sprengen eine Besprechung von ca. 80 Professoren recht unsanft. Die Forderung der Studiosi lautet auf Öffentlichkeit von Fakultätssitzungen.

Gesellschaft

Das Statistische Bundesamt informiert heute die Öffentlichkeit über die Lebenshaltungskosten.Sie liegen im Januar 1968 um 1,4% höher als im Vergleichsmonat des Vorjahres. Insbesondere die Ausgaben für Gas (9,9%) und Elektrizität (6,3%) schlagen zu Buche. Aber auch die Dienstleistungen sind von der Verteuerung betroffen (etwa 6%).

Wetter

Angenehm frostig bei durchschnittlich –0,9 °C und 72 Sonnenscheinstunden ist der Januar 1968.

Freitag 31. Januar

Kultur

Vollbesetzt ist heute das Theater am Turm in Frankfurt am Main, wo das Stück »Das Mündel will Vormund sein« von Peter Handke uraufgeführt wird. Der österreichische Schriftsteller und Dramatiker Handke hat das Werk, das unter der Regie von Claus Peymann auf die Bühne kommt, als Pantomime gestaltet. Eine ausgeklügelte Mimik und Gestik ersetzt jedes gesprochene Wort. Das Mündel wird nur über ein Zeichensystem unterwiesen. Als es am Ende die falsche Richtung wählt, wird deutlich, daß ein sinnlos-zielstrebiger Gehorsam zu keinem guten Ergebnis führt. Handke schockierte sein Publikum 1966 und 1968 mit sprachexperimentellen und sprachkritischen Stücken wie »Publikumsbeschimpfung« und »Kaspar« – beide wurden ebenfalls in Frankfurt am Main zur Uraufführung gebracht.

Stars der 60er Jahre

Die Beatles
Popgruppe
Sean Connery
Filmschauspieler
Pelé
Fußballspieler
Jean Paul Belmondo
Filmschauspieler
Dustin Hoffman
Filmschauspieler

Wetter

Fast nach Norm verläuft der Januar in diesem Jahr. Mit –0,7 °C liegt die Temperatur knapp unter dem langjährigen Mittelwert (–0,4 °C), die Niederschlagsmenge mit 44 mm knapp darüber (43 mm).

ORLANDO FLORIDA
ATLANTA GEORGIA
Walt Disney World
FROM
MAYORS and
AROUND

1970–1979

Highlights des Jahrzehnts

1970

- Neue deutsche Ostpolitik: Moskauer und Warschauer Vertrag
- Vietnamkrieg weitet sich auf Kambodscha aus
- Einstellung des Contergan-Prozesses

1971

- Einführung des Frauenwahlrechts in der Schweiz
- Friedensnobelpreis für Willy Brandt
- Hot pants – Modeschlager der Saison
- Kinohit »Love Story« rührt Millionen Zuschauer zu Tränen

1972

- Unterzeichnung des Rüstungskontrollabkommens SALT I
- Verhaftung von Baader-Meinhof-Terroristen
- Überfall palästinensischer Terroristen auf die israelische Mannschaft bei den Olympischen Spielen in München
- Unterzeichnung des Grundvertrages zwischen Bundesrepublik und DDR

1973

- Aufnahme beider deutscher Staaten in die UNO
- USA ziehen ihre Truppen aus Vietnam zurück
- Jom-Kippur-Krieg in Nahost
- Ölkrise: Sonntagsfahrverbot auf bundesdeutschen Straßen

1974

- Guillaume-Affäre stürzt Willy Brandt, neuer Bundeskanzler wird Helmut Schmidt
- Watergate-Affäre zwingt US-Präsident Nixon zum Rücktritt
- Deutschland wird Fußballweltmeister
- »Nelkenrevolution« in Portugal

1975

- Beginn des Bürgerkriegs im Libanon
- Unterzeichnung der KSZE-Schlußakte in Helsinki
- Spanien: Tod Francos und demokratische Reformen unter König Juan Carlos I.
- Einweihung des 3 km langen Elbtunnels in Hamburg
- Volljährigkeit von 21 auf 18 Jahre herabgesetzt

1976

- Umweltkatastrophe in Seveso
- Anschnallpflicht für Autofahrer
- Traumhochzeit des Jahres: Karl XVI. Gustav von Schweden heiratet die Deutsche Silvia Sommerlath

1977

- Entführung und Ermordung des Arbeitgeberpräsidenten Hanns Martin Schleyer
- Emanzipationswelle: Frauenzeitschrift »Emma« erscheint

1978

- Friedensverhandlungen zwischen Israel und Ägypten in Camp David
- In England kommt das erste Retortenbaby zur Welt

1979

- Überfall der Sowjetunion auf Afghanistan
- Schiitenführer Khomeini proklamiert im Iran die Islamische Republik
- Sandinistische Revolution beendet Somoza-Diktatur in Nicaragua

◀ **Auf 113 km² sind ab 1971 in Disneyworld (Orlando) Träume käuflich**

Samstag 31. Januar

Politik

Die neue deutsche Ostpolitik der sozialliberalen Koalition nimmt Formen an. Egon Bahr, Staatssekretär im Bundeskanzleramt, führt in Moskau erste vertrauliche Gespräche mit dem Außenminister der UdSSR, Andrei Gromyko. Wichtigster Inhalt ist ein Gewaltverzichtsvertrag zwischen der Sowjetunion und der Bundesrepublik Deutschland. An den Moskauer Vertrag vom August schließen sich Verträge mit Polen und der ČSSR an. Schließlich folgt 1972 der »Grundlagenvertrag« mit der DDR, in dem Bonn den ostdeutschen Staat anerkennt.

Politik

Ein deutsch-französisches Konsultationstreffen in Paris endet in Übereinstimmung. Als Ergebnis halten die Abgeordneten fest, daß das von den sechs EG-Staaten 1969 in Den Haag beschlossene europäische Aktionsprogramm weitergeführt werden soll. Seit 1968 arbeitet die EG an ihrem wirtschaftlichen Ziel, der Bildung einer Zollunion und der Einführung eines gemeinsamen Außenzolls.

Wetter

Arg kalt mit Temperaturen um –4,4 °C beginnt das neue Jahr 1970. Die 46 mm Niederschlag fallen überwiegend als Schnee.

Sonntag 31. Januar

Technik

Ehrgeizige Ziele hat sich die US-Raumfahrtbehörde NASA mit ihrem Apollo-Programm gesetzt. Heute startet »Apollo 14« von Kap Kennedy aus – das bisher teuerste Mondlandeunternehmen der USA. Die Mission ermöglicht die dritte Landung auf dem Mond. Am 20. Juli 1969 setzten Neil Armstrong und Edwin Aldrin als erste Menschen ihren Fuß auf den Mond. Armstrongs Ausspruch: »Ein kleiner Schritt für einen Menschen, ein großer für die Menschheit« ging in die Geschichte ein.

Gesellschaft

Zwischen der Ost- und der Westhälfte von Berlin kann wieder telefoniert werden. 1952 unterbrach die DDR im Zuge der Grenzabriegelung auch die Telefonleitungen. Jetzt bestimmt Entspannung das politische Alltagsgeschäft zwischen Ost- und Westdeutschland. Bundeskanzler Willy Brandts Maxime vom »Wandel durch Annäherung« bringt Erleichterungen für den Kontakt zwischen Deutschen in DDR und BRD.

Wetter

Schnee bringt der Januar 1971, obwohl die Wolken weniger ergiebig sind (35 mm) als üblich. Ein Grad unter Null liegt die Durchschnittstemperatur.

Montag 31. Januar

Preise in den 70er Jahren

1 kg Butter	8,36
1 kg Mehl	1,16
1 kg Fleisch	10,15
1 l Vollmilch	1,06
1 Ei	0,22
10 kg Kartoffeln	6,44
1 kg Zucker	1,65
Stundenlohn	10,40

in DM, Stand 1975

Sport

Weil der österreichische Skifahrer Karl Schranz gegen das Amateurstatut verstoßen hat, wird ihm vom Internationalen Olympischen Komitee auf Betreiben von dessen Präsident Avery Brundage die Teilnahme an den Olympischen Winterspielen in Sapporo verweigert. An dem Skirennläufer wird ein Exempel statuiert, denn noch weitere 52 Sportler haben sich nicht an das Statut gehalten. Die am 2. Februar beginnenden Spiele sind vom Streit um die Bestimmung geprägt. Während Brundage die Kommerzialisierung des Sports bekämpft, sind andere Mitglieder der Meinung, daß der Zeitaufwand für das Training mit privaten und staatlichen Subventionen ausgeglichen werden sollte. Karl Schranz, der mit seinem Bild und Namen Werbung betrieben hat, wird bei seiner Ankunft in Wien von trotzigen Fans empfangen.

Wetter

Trockene Kälte bringt der Januar. Mit –3,3 °C liegt die Durchschnittstemperatur um fast drei Grad unter »normal«. Die Niederschläge bleiben mit 26 mm deutlich unter dem langjährigen Mittel.

Mittwoch 31. Januar

Politik

Abrüstungsgespräche kommen in Gang: Vertreter der sieben Warschauer-Pakt-Staaten und Vertreter der zwölf Staaten des NATO-Verteidigungsbündnisses führen in Wien Konsultationsgespräche. Sie bereiten Beratungen über eine beiderseitig ausgewogene Truppenreduzierung in Europa vor. Bereits 1972 haben Nixon und Breschnew das SALT-I-Abkommen zur Begrenzung der strategischen Atomwaffen unterzeichnet.

Politik

Eine deutsch-deutsche Grenzkommission wird heute offiziell in Bonn gegründet. Sie basiert auf dem Grundlagenvertrag, den die Bundesrepublik und die DDR 1972 abgeschlossen haben. Die Kommission setzt im Rahmen der Grenzmarkierung im September einen ersten Grenzstein im Bezirk Rostock. Besonders strittig bleibt die Frage, wo in der Elbe die innerdeutsche Grenze verläuft.

Wetter

Der Januar 1973 tritt sehr gemäßigt auf. Mit 28 mm Regen und Schnee fallen nur etwa 40 % der für den Monat zu erwartenden Niederschläge. Die Durchschnittstemperatur liegt mit 0,3 °C um 0,7 Grad über der Standardmarke für den Januar.

Donnerstag 31. Januar

Politik

Aus der Watergate-Affäre will US-Präsident Nixon – wie seiner heutigen Kongreßbotschaft zu entnehmen ist – keine Konsequenzen ziehen. Er will bis 1976 im Amt bleiben, kommt aber seiner Amtsenthebung noch 1974 zuvor. Er soll von einer Abhöraktion in der Wahlkampfzentrale der Demokratischen Partei im Hotel Watergate in Washington gewußt haben. Die Watergate-Affäre untergräbt das Vertrauen der Amerikaner in die Bundesregierung in Washington.

Rekorde in den 70er Jahren

100 m: Marlies Göhr (GDR) – 10,88 sec (1977)
Hochsprung: Rosemarie Ackermann (GDR) – 2,00 m (1977)
Weitsprung: Vilma Bardauskiene (URS) – 7,09 m (1978)
800 m: S. Coe (GBR) – 1:42,4 min (1979)

Gesellschaft

Der höchste Vulkan Europas, der 3340 m hohe Ätna, bricht nach einer Pause von drei Jahren wieder aus. Der an der Ostküste von Sizilien gelegene Schichtvulkan wird im Durchschnitt nur alle fünf bis sechs Jahre aktiv. Dabei kommt es vorwiegend in den über 200 Nebenkratern zu Ausbrüchen.

Wetter

Zu warm und zu feucht ist es. Bei Temperaturen von 3,5 °C – fast vier Grad über dem langjährigen Mittelwert – fällt mit 53 mm auch 20 % mehr Niederschlag als gewöhnlich.

Freitag 31. Januar

Politik

Die USA und die UdSSR starten in Genf eine neue Verhandlungsrunde über die Interkontinentalraketen. 1972 wurde die Anzahl der zur Abschreckung dienenden strategischen Waffen durch das SALT-Abkommen begrenzt. Doch die Aufrüstung ist voll im Gang. Im nächsten Jahr wird in den USA der Bau von weiteren Raketen genehmigt. Erst in der Nach-Gorbatschow-Ära 1993 kommt der START-II-Vertrag zustande, der eine wirkliche Abrüstung der Nuklearpotentiale bedeutet.

Gesellschaft

In finanziellen Schwierigkeiten befindet sich die US-Luftfahrtgesellschaft TWA. Aus diesem Grund herrscht über den Abschluß mit der iranischen Regierung große Freude. Sechs Boeing 747 gehen für 99 Millionen US-Dollar in den Iran. Mit der Boeing 747 wurde 1970 die Ära der Großraumflugzeuge eingeleitet.

Wetter

Sonne und hohe Temperaturen lassen im Januar 1975 keine Wintergefühle aufkommen. 76 Sonnenstunden und 5,0 °C Monatsdurchschnitt liegen weit über den langjährigen Mittelwerten (51 Stunden und –0,4 °C).

Samstag 31. Januar

Politik

Der Sicherheitsrat der Vereinten Nationen prangert erstmals die südafrikanische Apartheidspolitik in Südwestafrika, dem späteren Namibia, an. Das Land, mehrheitlich von Schwarzen besiedelt, ist praktisch eine Kolonie Südafrikas. 1990 erhält es als letztes Land Afrikas die Unabhängigkeit.

Ein Stück deutscher Fernsehkultur geht verloren, als »Der Kommissar« seinen letzten Fall löst. 97 Folgen lang ließ sich Erik Ode weder von abgefeimten Verbrechern noch von seinem manchmal zu hilfsbereiten Team beirren.

Kultur

Den Wärtern des Papstpalastes in der südfranzösischen Stadt Avignon fährt gehörig der Schrecken in die Glieder, als sie entdecken, daß Diebe 119 Bilder des 1973 verstorbenen Pablo Picasso gestohlen haben. Picasso, der u.a. zusammen mit Georges Braque den Kubismus schuf, zählt zu den bedeutendsten Malern des 20. Jahrhunderts. Ein Großteil seiner Arbeiten stiftete er dem französischen Staat.

Wetter

Rekordniederschläge bietet der Januar in diesem Jahr. 96 mm – mehr als doppelt soviel wie im langjährigen Mittel (43 mm) – werden registriert bei Temperaturen um 0,6 °C.

1977

Montag 31. Januar

Kultur

Mit einer großen Feier wird das »Centre National d'Art et de la Culture Georges Pompidou« in Paris nach vierjährige Bauzeit eröffnet. Den Namen hat das Kulturzentrum von Staatspräsident Georges Pompidou, der sich damit ein Denkmal setzt. Hier ist nun auch die Staatsgalerie mit bedeutenden Kunstwerken untergebracht.

Gesellschaft

Nach 1015 Tagen in der Gefangenschaft von Rebellen erlangt die französische Archäologin Françoise Claustre ihre Freiheit wieder. Die Geiselnahme hat eine Befreiungsbewegung im Tschad durchgeführt, um Waffenlieferungen zu erpressen. Während die BRD Lösegeld für den ebenfalls gefangengenommenen Deutschen Christoph Staewen zahlte, lehnte Paris die Forderungen zunächst ab.

Stars der 70er Jahre

Robert de Niro
Filmschauspieler
Jane Fonda
Filmschauspielerin
Woody Allen
Filmregisseur
Steven Spielberg
Filmregisseur
Muhammad Ali
Boxer

Wetter

Recht unspektakulär präsentiert sich der Januar 1977. Mit durchschnittlich 0,7 °C ist es wärmer als normal (–0,4 °C).

Dienstag 31. Januar

Gesellschaft

Angst vor der Schweinepest brauchen die Landwirte in Amerika angeblich nicht mehr zu haben. Die über Viren ausgelöste Infektionskrankheit scheint ausgerottet zu sein. Jedenfalls gibt dies der Sekretär der Landwirtschaftsbehörde in Washington bekannt. In Europa bricht die Seuche beispielsweise 1993 in Niedersachsen aus.

Politik

Die Londoner »Times« druckt einen Leserbrief ab, in dem Heinrich Böll, Graham Greene und Arthur Miller die Freilassung des seit August 1977 in der DDR inhaftierten Regimekritikers Rudolf Bahro fordern. Im Oktober 1979 erlaubt das SED-Regime die Ausreise des kritischen Geistes. Sein 1977 im Westen erschienenes Buch »Die Alternative. Zur Kritik des real existierenden Sozialismus« hat die SED-Führung aufgebracht.

Ausgestellte Hosen und viel Schmuck trägt die moderne Frau in den 70er Jahren

Wetter

Der Winter 1977/78 bleibt auch im Januar relativ mild. Mit durchschnittlich 1,5 °C ist es um fast zwei Grad wärmer als im langjährigen Mittel.

Mittwoch 31. Januar

Politik

In den Iran kehrt Ajatollah Khomeini zurück. 15 Jahre lebte der schiitische Fundamentalist im Pariser Exil. Vor wenigen Tagen mußte der Schah von Persien, Resa Pahlawi, nun seinerseits ins Exil gehen, denn die islamische Revolution von Teheran hat seine Herrschaftszeit beendet. In Iran entsteht nun unter geistiger Führung des Ajatollah ein »Gottesstaat« mit extrem antiwestlicher Ausrichtung.

Voll im Zeitgeschmack: Der Midimantel mit aufgesetzten Taschen für kalte Winter

Politik

Weil die Kommunisten ihm keine Unterstützung mehr zuteil werden lassen, tritt der Christdemokrat Giulio Andreotti als Ministerpräsident Italiens zurück. Schon im März sitzt Andreotti aber wieder auf dem Stuhl des Ministerpräsidenten.

Wetter

Nach einem milden Dezember wird es zum Jahresanfang 1979 frostig. Mit –3,8 °C liegt die Durchschnittstemperatur um 3,4 Grad niedriger als üblich. Die Kälte ist unangenehm, da es bei nur 35 Sonnenstunden meist hochneblig-trüb ist.

1980–1989

Highlights des Jahrzehnts

1980

- Golfkrieg zwischen Iran und Irak
- Gründung einer neuen Bundespartei: »Die Grünen«
- Bildung der polnischen Gewerkschaft »Solidarność«

1981

- Attentate auf US-Präsident Ronald Reagan, den Papst und Ägyptens Staatschef Anwar As Sadat
- Erster Start der wiederverwendbaren Raumfähre »Columbia«
- In den USA werden die ersten Fälle von AIDS bekannt
- Hochzeit des Jahres: Der britische Thronfolger Charles, Prince of Wales, heiratet Lady Diana

1982

- Krieg um die Falkland-Inseln
- Sozialliberale Koalition bricht auseinander; Helmut Kohl wird neuer Bundeskanzler
- Selbstjustiz vor Gericht: der »Fall Bachmeier«
- »E. T. – der Außerirdische« wird zum Kinohit

1983

- US-Invasion auf Grenada
- Skandal um gefälschte Hitler-Tagebücher
- Aerobic wird in der Bundesrepublik populär

1984

- Richard von Weizsäcker wird Bundespräsident
- Ermordung von Indiens Ministerpräsidentin Indira Gandhi, Nachfolger wird ihr Sohn Rajiv Gandhi

1985

- Michail Gorbatschow wird neuer Kremlchef
- Sensation: Boris Becker siegt als erster Deutscher in Wimbledon
- »Live-Aid-Concert« für Afrika

1986

- Attentat auf Schwedens Ministerpräsident Olof Palme
- Katastrophe im Kernkraftwerk Tschernobyl
- Explosion der US-Raumfähre »Challenger«
- Premiere des Musicals »Cats« in Hamburg

1987

- Widerstand gegen Volkszählung
- Barschel-Affäre in Kiel
- Matthias Rust landet mit einem Sportflugzeug auf dem Roten Platz in Moskau

1988

- Atommüllskandal in Hessen
- Ende des Golfkriegs
- Geiseldrama von Gladbeck als Medienspektakel
- Dopingskandal überschattet Olympische Spiele in Seoul
- Reagan und Gorbatschow vereinbaren Verschrottung atomarer Mittelstreckenraketen

1989

- Die DDR öffnet ihre Grenzen
- Blutbad auf dem Platz des Himmlischen Friedens in Peking
- Demokratisierungskurs im gesamten Ostblock
- »Exxon Valdez«: Ölpest vor Alaska

◀ **Seit 1983 ganz oben: Das »Material Girl« Madonna**

Donnerstag 31. Januar

Politik

Indio-Bauern, mehrere Studenten und eine Nonne besetzen die spanische Botschaft in Guatemala City. Sie wollen mit der Besetzung ihren Protest gegen die Unterdrückung der Indianerbevölkerung durch das Militärregime bekunden und fordern die Freilassung politischer Häftlinge. Die guatemaltekische Polizei stürmt einen Tag später die Botschaft, wobei Blut vergossen wird. Der spanische Botschafter bezeichnet diesen Schritt als »sinnlose Brutalität« – die diplomatischen Beziehungen zu Guatemala werden abgebrochen.

Sport

Der 1979 abgetretene Profiboxer Muhammad Ali reist im Auftrag von US-Präsident Carter nach Afrika, um dort für einen Boykott der Olympischen Spiele in Moskau zu werben. Der Boykottaufruf wird mit dem sowjetischen Einmarsch in Afghanistan 1979 begründet. 30 Staaten schließen sich dem Boykott an, darunter auch die BRD.

Wetter

Trocken und sehr kalt ist der Januar 1980. Mit deftigen –3,5 °C liegt die Durchschnittstemperatur mehr als drei Grad unter dem langjährigen Mittel. Kaum die Hälfte des üblichen Niederschlags fällt.

Samstag 31. Januar

Politik

Eine Großdemonstration findet heute in Frankfurt am Main statt. 20 000 Menschen folgen dem Aufruf, gegen das Militärregime in El Salvador zu protestieren. 1979 brach in dem kleinsten mittelamerikanischen Land ein Bürgerkrieg aus. Die linksgerichtete Nationale Befreiungsfront Farabundo Marti startete unter Zustimmung der Landbevölkerung eine militärische Großoffensive gegen die rechtsradikale Militärregierung, die von den USA unterstützt wird.

Gesellschaft

Eine äußerst wertvolle Lieferung aus China nimmt heute der Direktor des Ostasiatischen Museums in Westberlin in Empfang. Nun sind alle Leihgaben aus dem Fernen Osten eingetroffen, und der endgültige Aufbau der Ausstellung kann beginnen. Vom 6. Februar bis zum 16. April können sich die zahlreichen Besucher die »Kunstschätze aus China« anschauen.

Wetter

Mittelmäßige Wetterbedingungen herrschen im Januar 1981. Lediglich die Sonne fällt aus der Reihe; sie bricht mit 43 Stunden Scheindauer seltener durch die Wolken als gewöhnlich.

Sonntag 31. Januar

Politik

Die Stationierung von UN-Friedenstruppen findet nun doch die Zustimmung der israelischen Regierung. Soldaten aus Großbritannien, Frankreich, Italien und den Niederlanden sollen auf der Sinai-Halbinsel Aufstellung nehmen. Israel wollte zunächst keine Einwilligung geben, weil diese Länder eine Autonomie der Palästinenser befürworten. Ende April wird der Sinai fristgerecht an Ägypten zurückgegeben. Ohne eine Regelung für die Palästinenser, die erst das Gaza-Jericho-Abkommen 1993 bringt, ist der Nahostkonflikt aber nicht zu lösen.

Kultur

Das 1981 von Botho Strauß verfaßte Drama »Kalldewey, Farce« erlebt heute in Hamburg seine Uraufführung. Seit Mitte der 70er Jahre ist Strauß ein vielgespielter Autor auf deutschen Bühnen. In seinen Werken verbindet er Surreales, Absurdes und Alltägliches miteinander.

Wetter

Bereits tiefer Winter herrscht im Januar 1982. Es ist mit Temperaturen um –2,4 °C zwei Grad kälter als im langjährigen Mittel. Dafür zeigt sich die Sonne mit 61 Stunden etwas häufiger, als in diesem Monat zu erwarten ist.

Montag 31. Januar

Gesellschaft

Der Goldschrein, in dem die Gebeine Karls des Große seit 1215 ihre Ruhestätte haben, ist restaurierungsbedürftig. Wegen der Konservierungsarbeiten werden die sterblichen Überreste des Kaisers im Aachener Dom umgebettet. Karl der Große, der 814 starb, war zunächst in der Pfalzkirche beigesetzt worden. Nach seiner Heiligsprechung 1165 veranlaßte Friedrich I. Barbarossa die Herstellung des Karlsschreins.

Das Autofahren scheint an Attraktivität zu verlieren. Zumindest werden in diesem Monat in der Bundesrepublik 278 731 Fahrzeuge weniger (8,5%) neu zugelassen. Auf den überfüllten Straßen ist davon aber nichts zu merken.

Gesellschaft

Autofahrer in Großbritannien werden sich an Sicherheitsgurte gewöhnen müssen. Ab heute ist hier das Anlegen der Gurte Pflicht. Als erstes Land führten die USA die Autogurte ein, schafften die Anschnallpflicht jedoch 1974 nach Protesten der Bevölkerung wieder ab.

Wetter

Naß und bei weitem zu warm ist der Jahreseinstieg 1983. Mit 80 mm fällt fast doppelt soviel Niederschlag wie gewöhnlich, und die Temperaturen liegen 5,2 Grad über dem Standard.

Dienstag 31. Januar

Politik

Wie die Roten Khmer, eine kommunistisch orientierte kambodschanische Organisation, melden, haben ihre Guerillaeinheiten die Stadt Siem Reap erobert. Im Juni 1982 verbündeten sich die Roten Khmer mit anderen Widerstandsgruppen, um gemeinsam gegen die Vietnamesen zu kämpfen, die Kambodscha seit 1979 besetzt halten. Die Vietnamesen haben das Terror-Regime der Roten Khmer gestürzt, das für den Tod von Hunderttausenden verantwortlich ist.

Auffällig unauffällig: So stellt sich die lässige Frau der 80er ihre Mode zusammen

Politik

In Sachen Frieden ist der kanadische Ministerpräsident Pierre Elliott Trudeau wieder einmal unterwegs. Gestern traf der liberale Politiker als erster Regierungschef eines NATO-Landes in der DDR ein. Die Friedens- und Entspannungsinitiativen von Trudeau sind international sehr angesehen.

Wetter

Wolkenverhangen und regnerisch ist der Januar in diesem Jahr mit 73 mm Niederschlag.

Donnerstag 31. Januar

Gesellschaft

Auf seine 25. Auslandsreise befindet sich Papst Johannes Paul II. zur Zeit. Die erste Station in Südamerika war am 26. Januar Venezuela. Heute besucht er Ecuador. Politisch bedeutend waren seine Reisen in sein Heimatland Polen (1979/1983). Dabei verstand er es, den Klerus in dessen Auseinandersetzung mit der kommunistischen Führung zu ermutigen.

Leger und bequem: Herrenmode im Oversize-Stil mit Jackenmantel

Politik

Zwei Düsenjäger vom Typ »Phantom« stoßen über Bremerhaven zusammen. Die Bevölkerung ist wegen der häufigen Unfälle verunsichert. Größtes Sorgenkind der Luftwaffe ist dabei aber nicht die »Phantom«, sondern seit den späten 50er Jahren der »Starfighter«. Bis zur Außerdienststellung in den 90er Jahren stürzen 250 Maschinen dieser Fehlkonstruktion ab.

Wetter

Eisige Kälte herrscht im ersten Monat des Jahres 1985. Fast fünf Grad unter das langjährige Mittel (–0,4 °C) sackt das Quecksilber im Durchschnitt.

Freitag 31. Januar

Politik

Einen Gefangenenaustausch schlägt der südafrikanische Premierminister Botha der Sowjetunion vor. Nelson Mandela soll im Gegenzug zur Freilassung des Regimekritikers Andrei Sacharow entlassen werden. Während Mandela 1964 wegen seines Kampfs gegen das Apartheidsregime in Haft kam, lebt Sacharow seit 1980 in der Verbannung in Gorki. Mit dem »Angebot« will das Rassisten-Regime in Südafrika den lebenden Märtyrer Mandela loswerden und im Westen Pluspunkte sammeln.

Politik

Nach 30 Jahren Diktatur kann sich die Familie Duvalier kaum noch halten. Heute verhängt Präsident Jean-Claude Duvalier zwar noch den Ausnahmezustand, in einer Woche muß er aus dem Land fliehen. Die Duvaliers haben Haiti völlig heruntergewirtschaftet.

Stars der 80er Jahre

Richard Gere
Filmschauspieler
Madonna
Sängerin
Harrison Ford
Filmschauspieler
Jodie Foster
Filmschauspielerin
Michael Jackson
Sänger

Wetter

Mild, aber naß präsentiert sich der Jahresbeginn 1986. Die Durchschnittstemperatur liegt knapp über dem Gefrierpunkt (0,4 °C).

Samstag 31. Januar

Politik

Entkräften will SPD-Politiker Johannes Rau den Vorwurf, die Sozialdemokraten seien nicht zu Gesprächen mit den Grünen bereit. Auf einer Pressekonferenz in Düsseldorf befürwortet der nordrhein-westfälische Ministerpräsident eine lokale und regionale Zusammenarbeit mit der Umweltpartei. Allerdings bleibt er dabei, daß die Absage an die Grünen im Bundestagswahlkampf richtig gewesen sei. Für die nächsten Wahlen soll eine Zusammenarbeit durchaus erwogen werden. Die erste gesamtdeutsche Bundestagswahl 1990 bedeutet jedoch eine große Niederlage für die SPD. Während sich die Regierungskoalition von CDU/CSU und FDP gut hält, erreicht die SPD ihr schlechteste Wahlergebnis seit 1957. Die Grünen sind überhaupt nicht im Bundestag vertreten; sie scheitern an der 5-%-Hürde. In NRW entsteht aber 1995 eine rot-grüne Koalition – unter Johannes Rau.

Rekorde in den 80er Jahren

1500 m: S. Aouita (MAR) – 3:29,46 min (1985)
Stabhochsprung: Sergej Bubka (URS) – 6,00 m (1985)
100 m: Florence Griffith (USA) – 10,49 sec (1988)
Hochsprung: Javier Sotomayor (CUB) – 2,44 m (1989)

Wetter

Kalt ist es im Januar 1987. Das Thermometer fällt im Monatsschnitt auf –6,9 °C.

Sonntag 31. Januar

Politik

Wie die Grenze zwischen der Ägäis und Zypern verlaufen soll, ist weiter umstritten. Im schweizerischen Davos treffen Andreas Papandreu, der Ministerpräsident Griechenlands, und sein türkischer Amtskollege Turgut Özal zu Unterredungen zusammen. Konflikte um die Mittelmeerinsel bestehen schon seit den 50er Jahren. Zeitweise droht sogar Krieg, denn in der Ägäis geht es um Milliarden: Hier sollen riesige Ölvorkommen lagern.

Preise in den 80er Jahren

1 kg Butter	9,44
1 kg Mehl	1,36
1 kg Fleisch	11,83
1 l Vollmilch	1,22
1 Ei	0,26
10 kg Kartoffeln	8,84
1 kg Zucker	1,94
Stundenlohn	17,23

in DM, Stand 1985

Sport

Bereits zum dritten Mal holen sich die Spieler der Herren-Hallenhokkey-Nationalmannschaft der BRD in Wien den Titel bei der Europameisterschaft. Bis 1991 setzen sie ihren Erfolgskurs fort, dann gewinnen sie in Birmingham zum sechsten Mal hintereinander die Europameisterschaft im Hallenhockey. Dabei schlagen sie die Engländer mit 7:3 Punkten.

Wetter

Zu warm präsentiert sich der Januar in diesem Jahr mit Temperaturen um 3,6 °C.

Dienstag 31. Januar

Gesellschaft

Steigende Kosten sind der Grund dafür, daß die Parteizeitung »Vorwärts« eingestellt werden soll. Am 14. April ist es soweit. Das traditionsreiche Blatt, das 113 Jahre lang erschien, geht im »Sozialdemokrat-Magazin« auf. Die 47 Mitarbeiter der Wochenzeitung sind herb enttäuscht, sie hatten dem SPD-Vorstand angeboten, die Zeitung mit eigenen Mitteln weiterzuführen.

Gesellschaft

Die Rechte unehelich geborener Kinder werden erweitert. Wie das Bundesverfassungsgericht heute festhält, haben diese Kinder nun einen Anspruch auf Auskunft über ihren leiblichen Vater. Noch im August 1982 hatte sich in Hessen ein evangelischer Pfarrdiakon geweigert, ein nichteheliches Kind zu taufen. In der Schweiz hingegen wird rein rechtlich schon seit 1978 kein Unterschied mehr zwischen ehelichen und außerehelichen Kindern gemacht.

Wetter

Einen Hauch von Frühling bringt der Jahresanfang 1989. Bei 68 Sonnenstunden klettert das Quecksilber bis zu einem Durchschnittswert von 3,4 °C – vier Grad über den langjährigen Mittelwert. Dabei ist es mit nur 13 mm Regen auch sehr trocken.

1990–1996

Highlights des Jahrzehnts

1990

- Wiedervereinigung Deutschlands
- Südafrika: Nelson Mandela nach 27jähriger Haft freigelassen
- Irakische Truppen überfallen das Emirat Kuwait
- Gewerkschaftsführer Lech Walesa neuer polnischer Präsident
- Litauen erklärt Unabhängigkeit
- Deutsche Fußballnationalelf zum dritten Mal Weltmeister
- Star-Tenöre Carreras, Domingo und Pavarotti treten gemeinsam auf

1991

- Alliierte befreien Kuwait und beenden Golfkrieg
- Auflösung des Warschauer Pakts
- Bürgerkrieg in Jugoslawien
- Auflösung der Sowjetunion – Gründung der GUS
- Sensationeller archäologischer Fund: »Ötzi«
- Vertrag von Maastricht
- Sieben Oscars für Kevin Costners »Der mit dem Wolf tanzt«
- Bürgerkrieg in Somalia
- Frieden im Libanon

1992

- Abschaffung der Apartheid-Politik in Südafrika
- Entsendung von UNO-Blauhelmsoldaten nach Jugoslawien
- Tod des ehemaligen Bundeskanzlers Willy Brandt
- Bill Clinton zum 42. US-Präsidenten gewählt
- In Hamburg wird mit Maria Jepsen zum ersten Mal eine Frau Bischöfin
- Fertigstellung des Rhein-Main-Donau-Kanals

1993

- Teilung der ČSFR in die Tschechische und die Slowakische Republik
- Rechtsradikale Gewaltakte gegen Ausländer
- Gaza-Jericho-Abkommen zwischen Israel und der PLO
- Skandal um HIV-Blutplasma
- Einführung von fünfstelligen Postleitzahlen im Bundesgebiet
- Sexskandal um Pop-Star Michael Jackson

1994

- Nelson Mandela erster schwarzer Präsident Südafrikas
- Fertigstellung des Eurotunnels unter dem Ärmelkanal
- Über 900 Todesopfer beim Untergang der Fähre »Estonia«
- Abzug der letzten russischen Truppen aus Berlin
- Michael Schumacher erster deutscher Formel-1-Weltmeister

1995

- Weltweite Proteste gegen französische Atomversuche im Pazifik
- Giftgasanschlag in Tokio
- Einführung von Pflegeversicherung und Solidaritätszuschlag
- Verpackungskünstler Christo verhüllt den Berliner Reichstag
- Ermordung des israelischen Regierungschefs Yitzhak Rabin
- Friedensvertrag für Bosnien

1996

- Arafat gewinnt Wahlen in Palästina
- IRA kündigt Waffenstillstand auf
- 100 Jahre Olympia: Jubiläumsspiele der Superlative in Atlanta

◀ **Magic Johnson, Star des Basketball-»Dream Teams« aus den USA**

Mittwoch 31. Januar

Kultur

Mit dem französischen Kulturorden »Commandeur des Art et des Lettres« wird in diesem Jahr Bob Dylan ausgezeichnet. In Paris nimmt der amerikanische Folk- und Rocksänger den Preis aus den Händen des französischen Kulturministers Jack Lang entgegen. Dylan ist vor allem mit seinen Protestliedern der 60er Jahren populär geworden.

Gesellschaft

Fast Food – in weiten Teil der westlichen Gesellschaft schon zur Alltäglichkeit geworden – wird es nun in größerem Ausmaß auch in der UdSSR geben. Die Hamburger-Kette McDonald's eröffnet in Moskau ihr erstes sowjetisches Restaurant. Die Filiale mit der Nummer 11 201, die größte der Welt, hat für 700 Menschen Platz. Was könnte das Ende des kalten Krieges treffender symbolisieren?

Krawatte ist kein Muß mehr: Anzug mit zweireihigem Sakko

Wetter

Als Fortsetzung des Herbstes erscheint der Januar 1990: Bei neblig-trübem Regenwetter ist es 3,4 Grad zu warm.

Donnerstag 31. Januar

Politik

Das Oberlandesgericht in München wendet erstmals die sog. Kronzeugenregelung an im Prozeß gegen den RAF-Aussteiger Werner Lotze. Nach der 1989 in Kraft getretenen Bestimmung erhalten Terroristen einen Strafnachlaß, wenn sie sich selbst stellen und gegen Mittäter aussagen. Dennoch wird Lotze zu zwölf Jahren Haft verurteilt. Die Bundesanwaltschaft, die neun Jahre für ausreichend hält, geht in Revision.

Für die heißen Sommer der 90er Jahre: Kleid mit Bustieroberteil

Kultur

In Bellinzona, der Hauptstadt des Schweizer Kantons Tessin, wird heute das Signal für eine mehrtägige Feier zum 700. Jubiläum der Schweizerischen Eidgenossenschaft gegeben. 1291 haben sich die Urkantone Uri, Schwyz und Unterwalden im »Ewigen Bund« gegen die habsburgische Machtausdehnung zusammengeschlossen.

Wetter

Mild und heiter kommt der Jahresbeginn 1991 daher. 75 Sonnenstunden treiben die Durchschnittstemperatur auf 2,4 °C. 25 mm Niederschlag fallen.

Freitag 31. Januar

Politik

Erstmals in der fast 50jährigen Geschichte der Vereinten Nationen kommen die 15 Staats- und Regierungschefs der Mitglieder des Sicherheitsrats in New York zusammen, wo am 24. Oktober 1945 die United Nations als Organisation zur Sicherung des Weltfriedens gegründet wurden. Der Sicherheitsrat besteht aus fünf ständigen und zehn für jeweils zwei Jahre gewählten Mitgliedern.

Preise in den 90er Jahren

1 kg Butter	8,20
1 kg Mehl	1,21
1 kg Fleisch	12,85
1 l Vollmilch	1,33
1 Ei	0,27
10 kg Kartoffeln	10,30
1 kg Zucker	1,92
Stundenlohn	24,91

in DM, Stand 1993

Technik

Noch große Schwierigkeiten mit der Schwerkraft hat der deutsche Astronaut Ulf Merbold. Nachdem er gestern von einer einwöchigen Weltraummission zurückgekehrt ist, muß er sich nun langsam wieder an das Leben auf der Erde gewöhnen. Zusammen mit sechs anderen Astronauten hat Merbold an Bord der »Discovery« Experimente zur Wirkung der Schwerelosigkeit durchgeführt.

Wetter

Mit einer Durchschnittstemperatur von 1,6 °C bleibt auch der Januar 1992 zu warm.

Sonntag 31. Januar

Kultur

»Thirteen«, das letzte Werk des im August 1992 verstorbenen amerikanischen Komponisten John Cage, wird in Gütersloh uraufgeführt. Cage hat, auch durch die Aufnahme des Zufalls als kompositorisches Element, großen Einfluß auf die zeitgenössische Musik ausgeübt. Wegweisend war u. a. sein mit verschiedenen Gegenständen »präpariertes Klavier«.

Sport

Im Finale des American Football, dem Super Bowl, können diesmal die Dallas Cowboys ihre Überlegenheit beweisen. In Pasadena schlagen sie vor 103 000 Zuschauern die Buffalo Bills mit 52:17. Vor zwei Jahren unterlagen die Buffalo Bills im Endspiel den New York Giants mit 20:19.

Wetter

Extravagant gibt sich der Januar 1993. Mit Temperaturen um 2,5 °C ist es fast drei Grad zu warm, 59 mm Niederschlag bedeuten 40 % zuviel Regen, und auch die Sonne zeigt sich mit 86 Scheinstunden 30 Stunden länger als gewöhnlich.

Seinen eigenen Namen konnte er relativ schnell artikulieren. Der sprachmächtigste Vogel der Welt, der Wellensittich Puck, hat sich bis heute 1728 Worte angeeignet. Seine stolze Besitzerin Camille Jordan aus Kalifornien hat sich allerdings auch große Mühe mit ihm gegeben und ihm immer wieder neue Worte eingebleut.

Montag 31. Januar

Gesellschaft

Nun ist der Deal perfekt. Das 1916 gegründete Münchener Automobilunternehmen Bayerische Motoren -Werke (BMW) kauft in London die Aktienmehrheit an den zur British Aerospace gehörenden Rover Cars (Birmingham). 1988 hatte BMW mit der neukonzipierten 5er-Reihe auf dem internationalen Automobilsalon in Genf geglänzt.

Technik

Astronomische Bücher erhalten einen Neuzugang. Ein Team von deutschen und kanadischen Astronomen macht einen Stern mit einer außergewöhnlichen Leuchtkraft aus. Die Forscher errechnen, daß die Entfernung des Himmelskörpers zur Erde 6500 Lichtjahre betragen muß. Das heißt, ein Lichtstrahl von diesem Stern erreicht die Erde erst nach 6500 Jahren.

Rekorde in den 90er Jahren

Weitsprung: Mike Powell (USA) – 8,95 m (1991)
110 m Hürden: Colin Jackson (USA) – 12,91 sec (1993)
Skifliegen: E. Bredesen (NOR) – 209 m (1994)
Dreisprung: J. Edwards (GBR) – 18,29 m (1995)

Wetter

Eine Winterverweigerung leistet sich auch der Januar 1994. 3,5 °C Durchschnittstemperatur lassen die 90 mm Niederschlag ausnahmslos als Regen fallen.

Dienstag 31. Januar

Technik

In Braunschweig kommt es zu einem Vertragsabschluß zwischen dem koreanischen Konzern Samsung und dem Braunschweiger Kamerahersteller Rollei. Samsung übernimmt alle Betriebsanteile von Rollei. Die Billiglohnländer und High-Tech-Produzenten Südostasiens werden immer stärker.

Sport

Bei den Eiskunstlauf-Europameisterschaft in Dortmund macht sich vor allem bei dem deutschen Paar Mandy Wützel/Ingo Steuer aus Chemnitz Nervosität breit. Im letzten Jahr hat Mandy durch einen Sturz die EM verpatzt. Daß sich das Paar privat trennte, hat aber kaum Auswirkungen auf den sportlichen Erfolg. Morgen schaffen sie den Sprung aufs höchste Siegertreppchen.

Stars der 90er Jahre

Kevin Costner
Filmschauspieler
Julia Roberts
Filmschauspielerin
Whitney Houston
Sängerin
Michael Schumacher
Rennfahrer
Luciano Pavarotti
Sänger

Wetter

Regennaß und kühl verläuft der Januar 1995. Temperaturen um 0,7 °C statt der gewöhnlichen –0,4 °C rufen bei 60 mm Niederschlägen an so manchem Tag klamme Gefühle hervor.

Mittwoch 31. Januar

Freitag 31. Januar

Donnerstag 31. Januar

Theodor Heuss

***31.1.1884 Brackenheim**

Mit 21 Jahren wurde Theodor Heuss Redakteur bei der von Friedrich Naumann herausgegebenen Zeitschrift »Die Hilfe« in Berlin. Von ihm übernahm er den christlich-sozialen Liberalismus. Neben Konrad Adenauer beeinflußte Heuss, der 1949 zum ersten Bundespräsidenten der BRD (bis 1959) gewählt wurde, die Anfangsjahre der Bundesrepublik in entscheidendem Maß. 1948/49 war Heuss, der 1963 starb, als Mitglied des Parlamentarischen Rats wesentlich an der Formulierung des bundesdeutschen Grundgesetzes beteiligt.

Donnerstag 31. Januar

Marie Luise Kaschnitz

***31.1.1901 Karlsruhe**

In ihre Romane und Erzählungen hat Marie Luise Kaschnitz viel Autobiographisches einfließen lassen. Zunächst verwendete sie vor allem in ihrer Lyrik traditionelle Formen; später fand sie einen eigenen Stil wie in den Gedichten »Kein Zauberspruch« von 1972. Als Themen verarbeitete sie vor dem Hintergrund einer christlich geprägten Humanität sehr sensibel aktuelles Zeitgeschehen wie die Schädigung der Natur. Kaschnitz, die 1955 den Georg-Büchner-Preis erhielt, starb 1974 in Rom, wo sie früher als Buchhändlerin gearbeitet hatte.

Montag 31. Januar

Beatrix

***31.1.1938 Schloß Soesterdijk**

Die 1980 als Königin der Niederlande vereidigte Beatrix, älteste Tochter von Königin Juliana und Prinz Bernhard, wird von der Bevölkerung sehr verehrt, obwohl sich die Geister über ihre Heirat mit dem deutschen Diplomaten Claus von Amsberg im Jahr 1966 schieden. Doch die Königin, die 1962 ihren Hochschulabschluß in Rechtswissenschaften machte, beeindruckt durch ihren Sachverstand, den sie energisch einzusetzen weiß. Dabei ist ihre Spontaneität im Rahmen der Amtsgeschäfte zuweilen sogar recht hilfreich.

Mittwoch 31. Januar

Phil Collins

***31.1.1951 London**

Mit fünf Jahren bekam er seine erste Trommel. Seitdem liegt ihm das Schlagzeug am Herzen. Aber auch sein Gesang ist beachtlich. Die erste Gruppe, die Phil Collins als Jugendlicher gründete, hieß »Real Thing«. Zum Popstar wurde er aber erst mit dem sinfonischen Rock von »Genesis« in den 70er Jahren. Als Peter Gabriel die Gruppe verließ, übernahm Phil neben dem Drum auch den Gesang. Nebenher lieferte er mit »Brand X« Jazziges ab. Seine Solokarriere, die er 1981 mit »Face Value« begann, brachte ihm bis in die 90er Jahre Hit auf Hit.

Dienstag 31. Januar

John Lydon

***31.1.1956 London**

Als Johnny Rotten wurde der britische Sänger und Songschreiber 1975 zum Mitbegründer der Sex Pistols, einer der frühen Punkbands. »Anarchy In The UK« war ihre erste Single. Kurz nach der Veröffentlichung wurde die Platte wegen ihres provozierenden Textes zurückgezogen. 1978, wieder unter seinem richtigen Namen, gründete Lydon eine eigene Band, die »Public Image Ltd«. Obwohl die P.I.L. mit personellen Umbesetzungen zu kämpfen hatte, wurde »This Is Not A Love Song« 1983 ein Hit und landete in Großbritannien auf Platz 5.

Impressum

Autor:	Camilla van Heumen, Köln
Redaktion:	Manfred Brocks, Dortmund
Bildredaktion:	Sonja Rudowicz
Umschlaggestaltung und Layout:	Pro Design, München
Satz:	Böcking & Sander, Bochum
Druck:	Brepols, Turnhout

Abbildungsnachweis: Bertelsmann Lexikon Verlag, Gütersloh: 128; Keystone, Hamburg: 129, 130; Public Address, Hamburg: 131; Süddeutscher Verlag, München: 132.
Modefotos 1900-30er Jahre, Damenmode 40er Jahre, Damenmode 50er Jahre: Bertelsmann Lexikon Verlag, Gütersloh; Modefotos Herrenmode 40er Jahre, Herrenmode 50er Jahre, 60er-90er Jahre: Prof. Dr. Ingrid Loschek, Boxford.
Alle übrigen Abbildungen: Bettmann Archive/UPI/Reuters/John Springer Coll., New York.

Trotz größter Sorgfalt konnten die Urheber des Bildmaterials nicht in allen Fällen ermittelt werden. Wir bitten gegebenenfalls um Mitteilung.

ISBN 3-577-30131-7

Vom 1. Januar bis zum 31. Dezember

Individuelle Bücher – für jeden Tag des Jahres eines. Mit allen wichtigen Ereignissen, die sich genau an diesem besonderen Tag während der Jahre unseres Jahrhunderts zugetragen haben. Doch trotz all der großen Ereignisse des Weltgeschehens – es gibt immer auch persönlich wichtige Daten für jeden einzelnen Menschen, sei es ein Geburtstag, Hochzeitstag, Erinnerungstag oder der Tag, an dem eine entscheidende Prüfung bestanden wurde. So wird aus einem Tag im Spiegel des Jahrhunderts zugleich auch ein »persönlicher« Tag. Und endlich gibt es für all diese Anlässe das richtige Buch, das passende Geschenk!

Persönliches Horoskop

Was sagen die Sterne zu den jeweiligen Tagen? Außerdem erfahren Sie, welche bekannten Menschen unter dem gleichen Sternzeichen geboren wurden.

Von 1900 bis zur Gegenwart

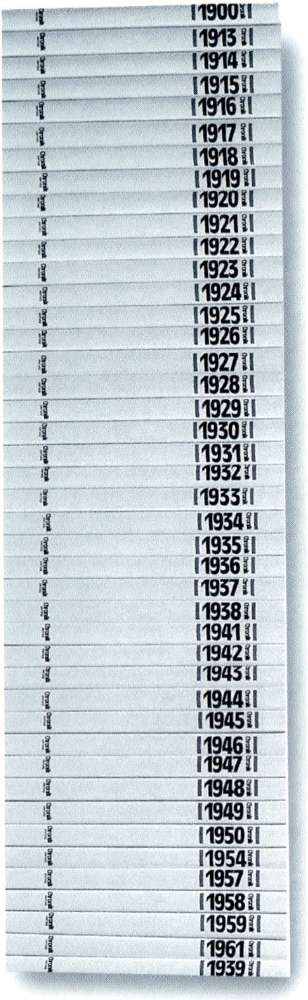

Die »Chronik-Bibliothek« ist die umfassende Dokumentation unseres Jahrhunderts. Für jedes Jahr gibt es einen eigenen, umfangreichen und zahlreich – überwiegend farbig – bebilderten Band. Tag für Tag wird dabei das Weltgeschehen in Wort und Bild nachgezeichnet – jetzt lückenlos bis an die Gegenwart. Sie können das jeweilige Jahr in chronologischer Folge an sich vorüberziehen lassen, aber die »Chronik« auch als Nachschlagewerk oder als Lesebuch benutzen. Ein prachtvolles Geschenk – nicht nur für Jubilare. Und wer dic »Chronik-Bibliothek« sammelt, erhält ein Dokumentationssystem, wie es in dieser Dichte und Genauigkeit sonst nicht zu haben ist.

Chronik
1995
Tag für Tag in Wort und Bild
Chronik
Verlag